Irene Beddies

Maren und der Weihnachtsmann

Kurzgeschichten zur Adventszeit

Bibliographische Information der Deutschen Nationalbibliothek:

Die Deutsche Nationalbibliothek verzeichnet diese Publikation
in der DeutschenNationalbibliographie;
detaillierte bibliographische Daten sind im Internet
über http/dnb.dnb.de abrufbar .

© 2016 Irene Beddies

Herstellung und Verlag:
BoD – Books on Demand, Norderstedt

ISBN 9783741284755

Am Waldrand

Am Waldrand, wo sich Fuchs und Hase gute Nacht sagen, stand eine herrliche, hohe Tanne. Ihre Zweige reichten weit am Stamm herunter fast bis auf den Sandboden. Zwischen ihren Wurzeln hatten Mäuse ihre Gänge gegraben. Auf ihrer Spitze saß oft ein Raubvogel und hielt Ausschau nach Beute. Neben ihr standen Eichen, die jetzt im Herbst ihre Blätter braungefärbt trugen. Ab und zu klackte es deutlich, wenn wieder eine Eichel zu Boden fiel. Sonst störte nichts den Frieden am Waldrand. Nachts wagten sich Rehe auf die Wiese und den nahen Acker auf der Suche nach frischem Futter.
Eines Tages kam ratternd ein Traktor in die Nähe. Zwei Männer stiegen ab und gingen auf die Tanne zu.
„Ein besonders schöner Baum", sagte der eine. „Er wäre der perfekte Weihnachtsbaum vor unserem Rathaus. So einen stattlichen hatten wir schon lange nicht mehr."
„Ja", sagte der andere Mann, „das wäre ein Schmuckstück für unsere Stadt."
Beide Männer sahen bewundernd zum Baum auf.
„Wie bekommen wir eine Genehmigung, ihn zu fällen? Der Förster hält beim Thema Weihnachtsbäume beide Ohren verschlossen."
„Wir müssen ihm nur genug Geld bieten. Für Geld ist alles zu haben, da sei sicher. Schließlich kostet die Pflege des Waldes eine Menge Geld."
Beide Männer guckten sich an und nickten. Dann fuhren sie wieder davon.

Einige Tage später hielt ein Mercedes vor der Försterei. Im Büro trat der Förster den Männern entgegen. Er ahnte breits, was sie wollten. Die machten keine großen Umstände, sondern kamen gleich zur Sache: „Wir kommen im Auftrag der Stadt. Es geht um eine wichtige Angelegenheit. Unsere Verwaltung möchte einen besonders schönen Weihnachtsbaum auf dem Markt aufstellen. Immer mehr Touristen kommen jedes Jahr zu uns wegen des Weihnachtsmarktes und der Konzerte in der Kirche. Ihnen wollen wir etwas bieten. Dazu brauchen wir den Baum am Waldrand."

„Das kommt überhaupt nicht infrage", gab ihnen der Förster Bescheid, „der Baum steht nicht zum Fällen in unserem Holznutzungsplan. Die Stadtverwaltung hat den Holznutzungsplan gerade erst in diesem Frühjahr aufgestellt."

„Und es gibt keine Möglichkeit, eine Sondergenehmigung zu bekommen – auch nicht ausnahmsweise? Die Touristen bringen viel Geld in die Stadt. Davon könnte auch das Forstamt seinen Nutzen haben. Wir wollen den Baum nicht umsonst. Wir sind bereit, eine hübsche Summe für ihn zu bezahlen. Denken Sie darüber nach, Herr Förster, und lassen es uns wissen, wie viel der Baum wert sein könnte. Wir werden das Geld schon lockermachen. Im Notfall veranstalten wir bei den Stadtbewohnern eine Sammlung."

Dem Förster verschlug es die Sprache. Er starrte die beiden Männer grimmig an. Glaubten die, für Geld ließe sich alles erreichen?

„Ich sage nein. Guten Tag die Herren." Damit ließ er die Männer stehen und stürmte zornig aus dem Büro.

Die beiden Männer stiegen in ihren Mercedes.

„Was hältst du davon?", fragte der eine.

„Er wird sich's überlegen. Er hat nur so getan, schließlich musste er sein Gesicht wahren", sagte der andere.

Am folgenden Tag läutete das Telefon in der Försterei. Die Sekretärin war sehr erstaunt, dass so schnell das Angebot für die Tanne wiederholt wurde. Als sie dem Förster von dem Telefonat berichtete, bekam der einen gewaltigen Schreck.

Diesen unverschämten Stadtvertretern war nicht zu trauen. Die würden jeden Trick anwenden, um an den Baum zu kommen. Was sollte er tun?

In seiner Not rief er einen Kollegen und alle seine naturbegeisterten Freunde an. Er schilderte ihnen in immer denselben Worten, was ihm zugemutet wurde, und bat um ihren Rat.

„Gib bloß nicht nach", hörte er von allen Seiten.

„Ich will dir helfen", versicherte jeder einzelne seiner Gesprächspartner.

Der Förster lud sie an einem der nächsten Abende zu sich ein, um die Lage zu beraten. Als erste Maßnahme wollte jeder einzelne wiederum seine Freunde alarmieren und ihnen die Zumutung der beiden Abgesandten der Stadt schildern. Es sollte sich herumsprechen, wie wenig rücksichtsvoll die Stadt mit der Natur umgehen wollte. Schließlich gab es Plantagen, von denen man Weihnachtsbäume in jeglicher Größe beziehen konnte. Niemand brauchte in den Wald zu gehen, um dort eine Tanne zu schlagen.

Als weitere Maßnahme, überlegten sie, wollten sie notfalls Handzettel drucken lassen mit der Frage, ob ein Bürger in der Stadt bereit sei, die Natur zu schädigen, damit ein Weihnachtsbaum ihren Marktplatz ziere.

Drittens wollten sie ab November ständig Wache am Baum halten, damit er nicht bei Nacht und Nebel heimlich gefällt würde.

Ein kleines grünes Zelt stand eine Woche später, von der Tanne verdeckt, im Wald. Jeden Abend kamen zwei Freunde des Försters mit ihren Schlafsäcken, um darin Wache zu halten.

So vergingen mehrere Nächte. In dieser Nacht hielt der Förster selbst Wache mit seinem Freund Peter und seinem Hund Wotan. Es war ein mondheller Abend. Die Männer

flüsterten leise im Dämmerlicht vor dem Zelt. Ein Reh lief etwas weiter entfernt auf die Wiese, gefolgt von einem Jungtier. Der Förster lächelte und legte den Finger auf den Mund. Peter nahm das Fernglas und beobachtete die Tiere. Plötzlich setzten sie zur Flucht an und verschwanden mit Riesensprüngen im Wald. Der Förster und Peter waren alarmiert. Da knurrte Wotan auch schon leise.
„Nimm dein Schrotgewehr", mahnte Peter, „vielleicht können wir damit erschrecken, wer immer dort kommen mag."
Eine Weile war nichts zu hören oder zu sehen. Dann knackte ein Ast in ihrer Nähe. Beruhigend legte der Förster Wotan die Hand auf die Schnauze, um ihn vom Bellen abzuhalten.
Eine Taschenlampe beleuchtete jetzt die untersten Äste der Tanne. Dahinter kam ein kräftiger Mann zum Vorschein. Auf seinem Rücken trug er einen, in Säcke gehüllten Gegenstand. Als er bei der Tanne ankam, hievte er den Gegenstand von seiner Schulter und schlug die Säcke auseinander. Tatsächlich: eine Motorsäge kam zum Vorschein.
„Heda!" Der Kerl erschrak und blickte sich suchend um. Auf der anderen Seite der Tanne stand Peter mit der Flinte im Anschlag.
„Was soll das hier? Wer hat dich geschickt?", fragte Peter in barschem Ton.
„Die Belohnung. Ich will die Belohnung. Nun bist du mir zuvorgekommen."
„Welche Belohnung?", fragte nun der Förster und trat in den Mondschein.
„Ach du meine Güte", entfuhr es dem Mann mit der Säge, „der Herr Förster!"
„Welche Belohnung, habe ich gefragt!"
„Ein Unbekannter gab mir einen Zettel. Auf dem Zettel stand, es gäbe eine Belohnung von 500 €, wenn ich den Baum soweit einsägen könnte, dass er beim nächsten Sturm von selbst umfällt."

„Das ist Waldfrevel. Ich werde jetzt die Polizei holen, die wird dich mitnehmen und dem Richter vorführen. Wage nicht zu fliehen, du siehst wir haben ein Gewehr, von dem wir auch Gebrauch machen können. Schrotkugeln sind äußerst schmerzhaft." Damit nahm der Förster sein Handy aus der Tasche und rief die Polizei. Sie kam nach einer Viertelstunde und nahm den Mann in Gewahrsam.

„Jetzt können wir nach Hause", meinte Peter.

„Nein, noch nicht. Vielleicht haben noch mehr Männer einen solchen Zettel bekommen. Wir dürfen unsere Wachen nicht aufgeben, bis auf dem Marktplatz ein Weihnachtsbaum aufgestellt ist. Erst dann ist die Gefahr für diesen Baum wohl vorüber."

Die Nachtwachen wurden fortgesetzt. Am 28. November, einen Tag vor dem ersten Advent, glänzten in der Stadt tausend kleine Glühbirnen in einem hohen Tannenbaum auf dem Marktplatz und beleuchteten das Treiben auf dem Weihnachtsmarkt. Kaum ein Besucher sah sich die Tanne wirklich an, alle waren damit beschäftigt, ihre kleinen Einkäufe zu machen, Bratwurst zu essen und Glühwein zu trinken.

Es fiel niemandem auf, dass in dem Weihnachtsbaum mehrere Äste künstlich angebracht waren.

„Faules Trinchen"

Katrinchen war sieben Jahre alt und ging in die zweite Klasse. Von ihren Eltern und ihrem großen Bruder Rolf wurde sie scherzhaft „faules Trinchen" genannt, denn sie tat nichts freiwillig und drückte sich vor jeder Anstrengung und Aufgabe. Auch in der Schule war sie nicht fleißig, deshalb konnte sie nur ganz schlecht lesen und rechnen.

Der erste Dezember war gekommen. Schon früh wachte Katrinchen auf, sie wollte schnell heimlich ihren Adventskalender angucken und alle Türchen öffnen. Sie suchte am Nagel über ihrem Bett. - Nichts.
Am Fenster hingen ein ziemlich dickes Säckchen und eine Kette mit kleinen Briefchen. Sollte das etwa ein Adventskalender sein? Das Säckchen enthielt sicher das Naschzeug. Eines davon konnte sie immerhin probieren, denn der Kalender galt ab heute. Sie nahm den Sack freudig in die Hand und befühlte ihn. Sie ertastete einen Gegenstand, der ein Schokoladenweihnachtsmann sein könnte. Da hielt sie es nicht länger aus. Sie zog an der Kordel des Säckchens. Es ließ sich aber nur einen winzigen Spalt öffnen, denn ein Schloss war angebracht. Wer hatte den Schlüssel dazu? Ob er in einem der Briefchen steckte? Sie befühlte alle 24 Briefchen, aber in ihnen war kein noch so kleiner Schlüssel zu ertasten.

Mama kam, um sie zu wecken.
„Na, mein Schatz, hast du einen Adventskalender bekommen?", fragte sie und lächelte seltsam.
„Ja sieh mal, Mama, ich habe einen Sack gefunden und lauter kleine Briefe. Den Sack kann ich aber nicht aufmachen. Wo ist der Schlüssel?"

„Ja, faules Trinchen, das ist ein ganz besonderer Adventskalender. Der Nikolaus, der uns Eltern beauftragt, die Kalender zu besorgen, hat bestimmt, dass du zuerst das jeweilige Briefchen lesen musst, bevor Papa oder ich dir das Säckchen aufschließen dürfen."
„Ich will gleich nachsehen, was in Nummer eins steht."
Begierig riss Katrinchen das Briefchen Nummer eins ab, als sie es gefunden hatte. Sie öffnete den Umschlag und las mühsam: „Erste Aufgabe. Räume heute das re…, rechte Schrankfach in deinem Schrank gut auf!" Sie schaute zweifeln zu ihrer Mutter hoch.
„Ja, mein Mäuschen, der Nikolaus war sehr böse, als wir ihm erzählt haben, wie bequem du bist. Da hat er uns diesen Kalender empfohlen. Nun tu, was er dir aufgegeben hat. Nachher darf ich den Sack öffnen und dir eine Belohnung daraus geben."
Katrinchen schluckte tapfer ihre Tränen herunter. Da heute Samstag war, konnte sie gleich mit ihrer Arbeit beginnen. Sie warf erst einmal alle Sachen, die in dem Schrankfach waren, auf die Erde. Sie erschrak, es war ein wüster Haufen der unterschiedlichsten Sachen. Neben sauberer und schmutziger Wäsche lagen Spielzeugautos, Kastanien, eine halbvolle Tüte Chips und einige Blätter Buntpapier in dem Durcheinander. Wie sollte sie das denn machen? Sie hatte doch noch nie aufgeräumt!

Sie nahm all ihren Mut zusammen und ging zu Rolf. Der saß an seinem Schreibtisch und machte Hausaufgaben.
„Hast du auch einen komischen Adventskalender bekommen, Rolf?"
„Was heißt komischer Adventskalender? Dieses Jahr ist meiner statt voll mit Schokolade zu sein, voll mit Marzipan. Das mag ich ja auch lieber."

„Ich hab einen schrecklichen bekommen. Ich muss erst immer etwas tun, bevor Mama oder Papa mir etwas daraus geben können. Ich weiß nicht weiter. Kannst du nicht kommen und ihn dir ansehen?"

Rolf war neugierig, von einem solchen Kalender hatte er noch nicht gehört. Als er das Durcheinander auf dem Fußboden vor dem Schrak sah, fragte er verdutzt: „Hat das mit dem Adventskalender zu tun?"

„Ja, sieh mal: diesen Zettel habe ich bekommen." Rolf las, was darauf stand, und grinste.

„Tut dir gut, Trinchen, vielleicht lernst du etwas davon."

Er wollte schon wieder gehen, da hielt Katrinchen ihn zurück: „Wie soll ich das denn nun machen?"

„Du weißt nicht, wie man aufräumt? Na gut, ich will es dir verraten. Du musst alle Sachen von einer Sorte auf einen Stapel tun und nur die wieder in den Schrak räumen, die dort hinein gehören. Alle anderen musst du dahin tun, wo sie eigentlich ihren Platz haben."

Das sollte doch eigentlich nicht so schwer sein, wenn sie es bedachte. Katrinchen fing mit der schmutzigen Wäsche an und brachte sie ins Badezimmer in den Korb. Dann nahm sie die Chipstüte und steckte sich eine Handvoll Chips in den Mund. So würden sie am schnellsten verschwinden. Die Chips schmeckten eklig, sie waren alt und weich. Also ab damit samt den alten Kastanien in den Mülleimer in der Küche!

Die Spielzeugautos wollte sie in der Spielkiste unter ihrem Bett verstauen, fing dann aber an, sie auf dem Teppich hin- und herzufahren. Als ein Auto in ihr rosa T-shirt fuhr, erinnerte sie sich wieder an die Aufgabe. Sie warf nun die Autos und das Buntpapier zu den anderen Spielsachen in die Kiste und begann, ihre Unterwäsche, T-shirts und Nachthemden wieder in den Schrank zu stopfen.

„Mama, ich bin fertig!"

Mama kam und besah sich das Fach. „So geht das nicht, mein Kind. Du musst deine Wäsche zusammenfalten und Hemd auf Hemd, T-shirt auf T-shirt usw. stapeln. Ich zeige dir, wie man die einzelnen Wäschestücke faltet."
Das war nun eine zeitraubende Arbeit, sie dauerte fast bis zum Mittagessen, denn Katrinchen trödelte immer wieder.
„Mama! Fertig!", konnte sie endlich rufen. Mama kam und zog ein silbernes Kettchen unter ihrer Bluse hervor, an dem ein kleiner Schlüssel hing. Mit ihm schloss sie das Säckchen auf, und Katrinchen durfte hineingreifen. Sie zog natürlich den Weihnachtsmann aus Schokolade heraus, den sie schon erfühlt hatte.
„Der ist aber erst nach dem Mittagessen dran", mahnte die Mutter.

So ging es nun jeden Tag: Katrinchen musste die verschiedensten Aufgaben erfüllen. Einmal waren sie schnell hinter sich zu bringen, wenn es zum Beispiel hieß „Mülleimer raustragen".
Ein anderes Mal machte es sogar Spaß, da durfte sie Plätzchen ausstechen und hinterher die Kuchenteigschüssel ausschlecken. Manchmal war die Aufgabe aber schwer. Sie sollte ihre Rechenaufgaben gleich erledigen und ganz allein. Wenn Mama einen Fehler entdeckte, musste Kathrinchen ihn selber finden und berichten.
Gegen Ende der Adventszeit stand in einem Briefchen, sie wäre dazu ausersehen, ihrer Familie ohne zu stocken eine kleine Weihnachtsgeschichte vorzulesen. Rolf könnte ihr bei schwierigen Wörtern helfen. Die Geschichte war eine Seite lang! Auch diese Aufgabe bewältigte sie, wenn es auch Tränen und Streit gegeben hatte, denn Rolf war sehr kritisch.

Am Heiligabend war viel zu tun. Ihre Aufgabe war heute wieder leichter, denn sie sollte den Frühstückstisch decken. Es

dauerte zwar ein bisschen länger, als wenn Rolf das machte, aber sie saßen alle rechtzeitig am Tisch, bevor die Arbeit im Haus so richtig losgehen sollte. Mama und Papa sahen sich verstohlen an: ob Katrinchen etwas gelernt hatte?
O ja, sie hatte gelernt. Ohne dass jemand sie zu bitten brauchte, räumte sie das Frühstücksgeschirr in die Spülmaschine. Dann verschwand sie in ihrem Zimmer und ließ niemanden hinein. Rolf machte ein bedenkliches Gesicht. Drückte sie sich schon wieder? Jetzt, nachdem sie das letzte Naschwerk aus ihrem Adventskalender verputzt hatte?
In ihrem Zimmer aber räumte Katrinchen auf, sie wollte ihre Mutter überraschen, wenn sie zum Staubsaugen käme. Sehr viel lag nicht mehr herum, nur das Bett musste gemacht, Staub gewischt und die Puppenstube hergerichtet werden, denn sie hatte sich neue Möbel gewünscht.
Mama war sehr überrascht, als Katrinchen ihr auch noch den Staubsauger aus der Hand nahm und selbst saugte.

Sehr zufrieden schmückten alle zusammen nach dem Mittagessen den Tannenbaum. Danach warteten sie bei Tee und Keksen in der Küche auf die Stunde, in der der Weihnachtsmann kommen würde.
Der Weihnachtsmann kam nicht persönlich. Er hatte einen Brief in den Kasten gesteckt, dass er nicht alle Kinder immer besuchen konnte. Dieses Jahr könnten sie auf ihn verzichten, denn er wäre ja letztes Jahr dagewesen. Die Geschenke hätten seine unsichtbaren Helfer aber unter den Weihnachtstisch gelegt.
Katrinchen und Rolf durften als erstes nachsehen, ob sie Geschenke hatten, und sie auspacken. Rolf zog einen Brief hervor: „Ein neues Fahrrad steht in der Garage", stand darauf. Er lief aus dem Haus und ließ Katrinchen zuerst ihre Geschenke auspacken.

Sie freute sich besonders über die neuen Puppenstubenmöbel. Zum Schluss der Bescherung, als auch Mama und Papa und dann auch noch Rolf ihre Geschenke angesehen hatten, lag da noch eine kleine Schachtel fast unter dem Sofa. ‚Katrin' stand darauf. Noch ein Geschenk! Sie war selig. Sie wickelte es aus. In einer quadratischen Schachtel, die mit Samt bezogen war, lag eine weiße herzförmige Plastikmarke. Darauf stand in roten Buchstaben:

„Ich bin kein faules
Kathrinchen
mehr!"

Der Weihnachtsstern

Es läutete an der Tür.
Siegfried stand unter der Dusche und konnte nicht öffnen. Es läutete erneut. Wer war so hartnäckig oder penetrant?
Siegfried stellte die Dusche ab, schlang sich ein Handtuch um die Hüften und ging nachschauen. Niemand vor der Tür. Er machte sie dennoch einen Spalt auf. Sein Blick fiel auf einen in gelbes Seidenpapier gewickeltes… Blumengesteck? Er nahm es auf und merkte, dass es ein Blumentopf sein musste. Er schloss die Tür wieder, entfernte neugierig die Karte vom Papier und las.
„Entschuldigung für das Theater vorgestern."
Keine Unterschrift, keine Anrede. Das musste ein Irrtum sein. Trotzdem öffnete er das Seidenpapier einen Spalt weit. Ein roter Weihnachtsstern streckte ihm eines seiner Scheinblütenblätter entgegen. Nichts Besonderes, ein Weihnachtsstern. Als Entschuldigung vielleicht genug. Aber für wen? Auf keinen Fall für ihn!
Vorgestern war Mittwoch gewesen, da hatte es mit niemandem ein „Theater" gegeben, weder mit Kollegen noch mit seinen Eltern. Die würden ja auch keinen Weihnachtsstern schicken. Wem also sollte die Blume zukommen? Einer Nachbarin? Einem Nachbarn? Warum wurde aber ausgerechnet bei ihm geklingelt?
Tropfen aus seinen nassen Haaren fielen auf die Karte. Mist!
Siegfried zog sich an, frühstückte grübelnd. Am Nachmittag machte er sich entschlossen auf die Runde zu den Nachbarn. Bei jedem klingelte er und stellte als erstes die Frage, ob der oder die Betreffende vorgestern mit irgendjemandem ein Theater gehabt hätte, einen kleinen Streit vielleicht, eine Schererei, ein Missverständnis? Alle verneinten, konnten sich nicht erinnern, alle schauten ihn misstrauisch an. Jedem

erklärte er dann den Grund, woraufhin jeder die Angelegenheit seltsam fand. Fast schämte er sich für seine Bemühungen. Er hätte die Pflanze lieber gleich behalten sollen, jetzt blieb ihm nichts anderes übrig.
Er stellte den Weihnachtsstern auf die Fensterbank in seinem Arbeitszimmer. Ach, gießen musste er ihn doch wohl gleich und ihm einen Übertopf suchen. Da er keinen fand, stellte er den Topf in seine große Kakaotasse. Im Internet suchte er nach der Pflegeanleitung. Es könnte ja sein, dass doch noch jemand die Blume für sich reklamierte.

Mitten in der Nacht wachte er auf. Natürlich: es hatte ein kleines Theater gegeben im Kaufhaus! Da hatte er sich einen Schal ausgesucht, aber eine junge Frau hatte behauptet, den Schal zuerst gesehen zu haben, weshalb sie ihn „rechtmäßig" zur Kasse trug und bezahlte. Siegfried hatte ihr wütend einen Vogel gezeigt und sich abgewandt. Und sie sollte ihm eine Wiedergutmachung gebracht haben? Kaum realistisch, er kannte sie nicht. Aber vielleicht möglich?
Tausend Fragen schwirrten ihm den Rest der Nacht durch den Kopf, keine konnte er beantworten oder sich erklären. Das einzige, was ihm klar war: er musste der Frau danken.

Da es Samstag war, nahm er seine Schlittschuhe und fuhr ins Einkaufszentrum, um sich auf der Eisbahn zu vergnügen. Beim Laufen sah er sich die jungen Mädchen an, die, wie es schien, alle mehr konnten als er. Er hielt ein Mädchen an und bat es, ihm ein paar Schritte zu zeigen.
Da! Der Schal! Er ließ das Mädchen stehen und folgte dem Schal. Eine junge Frau hatte ihn so um den Hals gelegt, dass die losen Enden lustig hinter ihr her flatterten. Siegfried verkürzte seine Runde und kam kurz vor ihr zum Stehen, so dass er ihren Weg blockierte. Sie musste sich an ihm festhalten, um nicht zu fallen.

„Was fällt Ihnen ein!", rief die Frau.
„Der Schal", rief er. Da erkannte sie ihn: „Danke für den Vogel...", lachte sie.
„Danke für den Weihnachtsstern", antwortete er. Sie tat, als ob sie ihn nicht verstand, wurde aber rot dabei. Siegfried gab ihr spontan einen Kuss auf die Nasenspitze. Völlig verdattert schob sie ihn von sich. Dann lachten beide herzhaft.

Ein verkürzter Adventskalender

Frau Dietze war entrüstet: wieder musste sie in die 7b und den kranken Kollegen vertreten. In ihre 3. Klasse würde jemand anderes geschickt. Der las bestimmt nur etwas vor oder ließ ein Bild malen.
„So ähnlich kann ich es eigentlich auch machen", brummelte sie. Aber was? Einen Nutzen sollte es haben, etwas anderes ließ ihr pädagogisches Gewissen nicht zu. „In einer Woche ist Nikolaus. Vielleicht kann die 7b etwas für meine Klasse basteln?"
Auf dem Weg zu Fuß nach Hause grübelte Frau Dietze. Vor dem Bastelgeschäft blieb sie stehen und sah die Auslagen im Schaufenster an. Das gab ihr auch keine Idee. Trotzdem betrat sie den Laden.
Sie ging langsam von Regal zu Regal. Plötzlich durchzuckte es sie beim Anblick kleiner Holzfiguren. Sie waren aus Rundstäben gedrechselt, hatten einen Kugelkopf und warteten als Rohlinge noch auf ihre Bestimmung. Im Geiste sah Frau Dietze Engel, Hirten, Könige….
Eine Verkäuferin kam auf sie zu und fragte freundlich: „Was suchen Sie?"
„Hätten Sie so etwas wie eine Krippe? Ich möchte nämlich die Weihnachtsszene aus diesen Figuren zusammenstellen. Aber es fehlt die Krippe."
„Wir haben eine Wiege, glaube ich, und einen anderen Rohling, der sehr schön eine Maria abgeben könnte. Ich werde gleich auf die Suche gehen."
Die Verkäuferin verschwand. Frau Dietze legte von verschiedenen Holzrohlingen jeweils mehrere in ein Körbchen: schlanke kegelförmige für die Engel, zylinderförmige für die Hirten, etwas größere mit der Andeutung eines Hutes für die Könige

und Josef. Nur Maria und die Wiege fehlten; aber die brachte die Verkäuferin schon bald. Zufrieden bezahlte Frau Dietze und ging beschwingt nach Hause.

Zwei Tage später betrat die Lehrerin das Klassenzimmer der 7b. Die Klasse galt als schwierig, aber Frau Dietze kannte mehrere Jungen und Mädchen noch aus deren Grundschulzeit. Da war sie ihre Klassenlehrerin gewesen. Darum musste sie wohl auch öfter hier den Kollegen vertreten.
Die Schüler guckten interessiert auf den Korb, den Frau Dietze auffällig auf das Pult stellte. „Ich muss euch um etwas sehr Wichtiges und Schönes bitten…"
Sie machte eine Pause, um die Spannung zu erhöhen. „Der eine oder die andere von euch können sich sicherlich an die Nikolaustage in der Grundschule erinnern, als ihr die Säckchen an der Tafel hängen saht, die der Nikolaus gebracht hatte."
Einige Schüler kicherten. „Ich habe immer gewusst, dass Sie die dahin gehängt haben", platzte Claudia heraus.
„Ja, das war wohl offensichtlich. Aber ihr habt gerne gerätselt, was ihr bekommen würdet, und euch auf die Überraschung gefreut. Nicht wahr, Marcel?" Marcel fuhr verdattert hoch. – „Dieses Jahr habe ich in meiner dritten Klasse etwas ganz Besonderes vor. Dabei könnt ihr mir alle helfen."
Jetzt spürte Frau Dietze wirklich Spannung unter den Schülern. Sie nahm eine Handvoll der Holzrohlinge aus dem Korb, ging zwischen den Tischen umher und zeigte den Jungen und Mädchen, was sie in der Hand hielt. Dann stellte sie sich wieder ans Pult und sah auffordernd in die Klasse.
„Dürfen wir die anmalen?" „Was wird denn daraus?" „Was kann man daraus machen?" riefen die Schüler durcheinander.
Frau Dietze hob beschwichtigend die Hand:

„Ich möchte euch bitten, diese Teile zu gestalten. Sie sollen Figuren einer Weihnachtskrippe für meine 3a werden, also Engel, Hirten, Könige. Ihr könnt sie bestimmt hübsch mit euren Deckfarben bemalen und ihnen Flügel, Kronen und Hirtenstäbe ankleben. Ich habe euch Metallpapier, Holzspießchen und Streichhölzer mitgebracht."
Sie hob die Sachen aus dem Korb. –
„Wer möchte gern einen Engel?"
Mehrere Finger hoben sich, und Frau Dietze verteilte die kegelförmigen Figürchen. Ebenso geschah es mit den Rohlingen für die Hirten und Könige.
„Und wer darf Maria und Josef und die Krippe anmalen?", fragte Heidrun.
„Das hängt davon ab, wer am saubersten arbeitet und Fantasie beim Ausgestalten seiner Figur beweist."
Nun beratschlagten die Kinder, die die gleichen Figuren ausgesucht hatten, untereinander lebhaft: Wie könnte man einen Engel bemalen? Wie malte man Arme, wo doch keine Andeutung an der Holzfigur zu sehen war? Und die Haare? Auf kahlen Köpfen?
Frau Dietze half hier und da mit Vorschlägen. Ihr Gesicht strahlte vergnügt, als sie sah, mit welchem Eifer alle bei der Arbeit waren.
Bald liefen Schüler durch die Klasse, um sich bei anderen letzte Ideen zu holen. Die Engel bekamen goldene, silberne oder blaue Flügel in verschiedensten Formen, die Könige erhielten goldene Kronen. Klara malte bunte Litzen an den Mantel ihres Königs. Dieser Einfall wurde von anderen aufgenommen, auch für die Verschönerung der Engel. Den Hirten, die meist grüne oder braune Kleidung bekommen hatten, klebten die Kinder Holzspießchen als Hirtenstab an. Julia klebte ihrem Engel ein Streichholzköpfchen als Kerze über die gemalten Hände. Das schlug ein!

„Ich bin fertig!", rief Torben als erster, „was kann ich nun tun?"
„Du darfst noch ein zweites Figürchen bemalen. Such dir eins aus."
„Dann nehme ich diesmal ein anderes." Er suchte sich eine Hirtenfigur und machte daraus einen Engel. Auch Bettina und Claudia holten sich ein zweites Figürchen. Die ersten, die sie bemalt hatten, gefielen ihnen nicht recht.
Als es zur Pause läutete, sammelte Frau Dietze alle Figuren ein.
„Ich komme nach der Pause noch einen Augenblick zu euch und sage, wer von euch Maria, Josef und die Wiege anmalen darf. Die Rohlinge dafür müssen eben zu Hause bemalt werden."
Renate seufzte vernehmlich: „Schade, dass ich nicht auch so einen Engel habe."
Frau Dietze schenkte ihr eins von den übriggebliebenen Holzteilen. Als das andere sahen, baten noch weitere Mädchen um ein Figürchen.

Am nächsten Tag kam Frau Dietze noch einmal auf einen Sprung in die 7b und zeigte den Schülern die roten Säckchen, in die die bemalten Krippenfiguren hineinkamen, und nahm die wunderschön bemalte Wiege, Maria und Josef in Empfang. In der Wiege lag ein auf Pappe gemaltes und dann ausgeschnittenes Jesuskind.
„Nach dem Nikolaustag könnt ihr immer einmal in meine 3. Klasse kommen und sehen, wie der Stall von Bethlehem sich mehr und mehr füllt."
„Wie machen Sie denn den Stall? Kann ich den nicht basteln?", fragte Torben.
„Da wäre ich froh, wenn du mir die Arbeit abnimmst. Ich hatte schon eine Idee und hab sie aufgezeichnet. Du hast damit einen Anhaltspunkt, wie groß sie ungefähr werden

muss. Komm in der nächsten Pause zum Lehrerzimmer, da kann ich dir den Zettel geben."

Rechtzeitig zum Nikolaustag brachte Torben den fertigen Stall. Er hatte aus den dünnen Brettchen einer Clementinenkiste eine Art Regal gebastelt mit einem schrägen Dach.

Sehr früh kam Frau Dietze am Nikolausmorgen in den Klassenraum der 3a. Sie zog die Gardinen vor die großen Fenster und befestigte die Säckchen mit den Krippenfiguren an der Tafel. Den Stall stellte sie auf einen halbhohen Schrank, so dass er von allen gesehen werden konnte. Jedem Kind legte sie einen Schokoladenweihnachtsmann auf seinen Platz. Als die Mädchen und Jungen zur ersten Stunde hereingelassen wurden, brannte am Adventskranz auf dem Pult die erste dicke rote Kerze.

Fast jedes Kind machte sich sofort über seine Süßigkeit her, bevor Frau Dietze dazu kam, Lose ziehen zu lassen. Mustafa durfte das Kästchen mit den Losen herumreichen.

„Ich habe Nr. 1", rief Karl triumphierend.

„Du darfst als erster ein Säckchen abschneiden. Such dir eins aus."

Karl befingerte einige der Säckchen und schnitt mit der Schere das dickste ab. Als er es öffnete, kam die Wiege zum Vorschein. „Was soll ich denn mit einer Wiege", rief er ein wenig empört.

„Du hast gleich das Wichtigste erwischt, Karl. Das ist die Wiege mit dem Jesuskind." Sie deutete auf den Stall: „Stelle sie dort bitte hinein. Morgen stellt, wer Los Nr. 2 gezogen hat, eine Figur dazu. Und so geht es dann weiter, bis zu unserer Weihnachtsstunde am letzten Schultag."

Ab und an kam Torben mit Claudia in die 3a, um die wachsende Krippenszene zu bewundern. Kurz vor den Weih-

nachtsferien trug er eine Schachtel unter dem Arm. Stolz zeigte er Frau Dietze den Inhalt: Weihnachtskrippenfiguren wie die, die jetzt fast vollzählig in dem Stall standen. Frau Dietze sah ihn fragend an.
„Das ist eine Überraschung für meine Eltern. Danke, Frau Dietze, für die Idee! Und schöne Weihnachtstage!"

Das rote Auto

Seit drei, vier Tagen stand ein ungewöhnliches Auto am Rande der Reihenhaussiedlung. Jeden Tag eilten die Kinder dorthin, um es anzustaunen.
Das Auto war rot, langgestreckt und hatte einen großen Heckspoiler. Ein bisschen sah es so aus wie ein Rennauto. Die Fensterscheiben waren aus dunklem Glas, so dass man nicht ins Innere blicken konnte, was die Sache noch geheimnisvoller machte. Auf dem Dach und an den vier Türen prangte jeweils ein großer gelber Stern. Die Nummernschilder waren das Aufregendste: sie zeigten statt Buchstaben und Zahlen Schneeflocken.
Die Erwachsenen fragten sich, wer das Auto dort abgestellt haben könnte. Vielleicht sollte man die Polizei einschalten. Die Kinder waren entschieden dagegen. Sie wollten ein so schickes, rätselhaftes Auto gern für immer in ihrer Nähe haben. Sie waren überzeugt, das Auto gehöre dem Weihnachtsmann. Die Erwachsenen vermuteten irgendeinen Werbegag. Aber so am Rande der Stadt? Was verbarg das Auto im Innern? Hoffentlich nichts Ungesetzliches.

Es hatte geschneit über Nacht. Die Autos am Straßenrand waren unter einer dicken Schicht Schnee begraben und sahen aus wie kleine Hügel. Rot und strahlend dagegen leuchtete das geheimnisvolle Auto. War es über Nacht bewegt worden? Reifenspuren waren nicht zu sehen.
Der kleine Tom guckte neugierig unter das Auto. Da glitzerte etwas. Er holte einen Stock und stocherte das glitzernde Etwas hervor: ein goldenes Bonbonpapier. Das hatte jemand sicherlich vor Tagen, als das Auto noch nicht dort stand, achtlos auf den Boden geworfen. Tom war enttäuscht. Er wollte das Bonbonpapier schon wieder wegwerfen, da stutze

er. Die Oberfläche des Papiers fühlte sich rau an. Vorsichtig strich er mit dem Finger darüber. Ein Duft nach Weihnachten - wie nach Pfefferkuchen - stieg ihm deutlich in die Nase. Hmmm, herrlich!
Kurzentschlossen ließ Tom das Papierchen in seiner Hosentasche verschwinden. Er spähte erneut unter das Auto. Da lag auch noch ein Kiefernzapfen auf dem Sand. Auch den angelte Tom hervor. Der Kiefernzapfen war jedoch schmutzig und halb verfallen. Der hatte keine Bedeutung.
Zu Hause holte Tom das Bonbonpapier aus seiner Hosentasche und rieb daran. Seine Mutter kam gerade ins Zimmer.
„Wie riecht das hier so herrlich nach Weihnachtsplätzchen!", wunderte sie sich, „ich will doch heute erst welche backen!"
Tom steckte das Papier schnell wieder in seine Tasche und verriet nichts, um den neugierigen Fragen, die seine Mutter immer stellte, zu entgehen. Er konnte ja auch nicht erklären, was den Duft herbeizauberte.

Am ersten Dezembermorgen dasselbe Bild: alle Autos waren zugefroren und mit Raureif bedeckt – bis auf das geheimnisvolle rote am Ende der Reihe. Im Gegenteil, es glänzte noch strahlender als in den Tagen zuvor. War der Stern auf der Kühlerhaube schon gestern dagewesen? Den Leuten kam es so vor, als wenn er neu wäre. Weil er nicht so auffiel wie die viel größeren an den Türen und auf dem Dach, hatte ihn vielleicht niemand bemerkt.
Als am nächsten Morgen ein weiterer Stern auftauchte, konnte niemand mehr an Unachtsamkeit glauben. Jetzt wurde die Angelegenheit immer unheimlicher. Frau Meyer, die ängstliche Nachbarin aus Nr. 4b griff zum Telefon und rief die Polizei herbei. Nun stand der sauber geputzte Polizeiwagen neben dem roten Auto.
„Sie haben nie einen Menschen ein- oder aussteigen sehen?", fragte der dicke Polizist.

„Nein, niemanden. Fußspuren im Schnee gab es ebenfalls keine. Das Auto ist nicht bewegt worden, denn ich habe mir genau gemerkt, wie weit es von der Kastanie entfernt steht. Da muss etwas Schreckliches in dem Auto sein!", behauptete Frau Meyer.
Die Befragung aller Nachbarn ergab nichts anderes. Der Fall blieb geheimnisvoll und beunruhigend. Kein roter Wagen dieser Größe war als gestohlen gemeldet worden.
Nach einer Unterredung auf dem Polizeipräsidium wurde beschlossen, den Wagen abschleppen und in einer speziellen Werkstatt untersuchen zu lassen.

Der Abschleppwagen kam am Nachmittag, klappte seine Auffahrtrampen herunter. Eine Seilwinde wurde vorsichtig am Vorderteil des verdächtigen Autos angebracht. Dann wurde sie betätigt. Die Kette spannte sich, aber das Auto blieb unverrückt an seinem Platz stehen, so sehr man sich auch mühte. Um es nicht durch zu viel Zug zu beschädigen, machten sie die Seilwinde wieder los. Das rote Auto musste eben am Straßenrand unter den neugierigen Augen der Kinder und Erwachsenen überprüft werden.
Der Automechaniker rackerte sich mit seinen Schlüsseln, dann mit einem speziellen Dietrich an allen Autotüren ab. Vergebens. Die Türen waren wie zugeschweißt. Der Kofferraum ließ sich natürlich ebenso wenig öffnen. Blieb noch, eine Fensterscheibe einzuschlagen. Das brachten weder die Polizisten noch der Mechaniker übers Herz. Sachbeschädigung wollten sie nicht verantworten.
So blieb nur übrig, ständig nachts Wache zu halten, um lückenlos zu beobachten, wer mit dem Auto in Verbindung stand.

Die Nachtwachen brachten keine Erkenntnisse. Lediglich ein Bursche, der in Haus Nr.7 einbrechen wollte, wurde geschnappt. Jeden Morgen zeigte sich allerdings ein weiterer Stern auf dem roten Lack.

Allmählich verloren die Kinder das Interesse an dem unbeweglichen Auto über all ihren Beschäftigungen in der Vorweihnachtszeit. Plätzchen mussten gebacken, Geschenke wollten gebastelt werden. Für die Schule lernten sie Gedichte auswendig und begleiteten ihre Eltern in die Stadt zu den Einkäufen.

Nur Tom richtete seine Aufmerksamkeit nach wie vor auf das mysteriöse Auto. Es musste etwas mit dem Weihnachtsmann zu tun haben, eine andere Erklärung gab es einfach nicht.

Immer wieder strich er heimlich über das Bonbonpapier, um den wunderbaren Duft auszukosten. Er grübelte Tag und Nacht über die Bedeutung der Sterne nach. Kurz vor Heiligabend fand er die Lösung. Er hatte alle Sterne gezählt, die fünf großen und die zusätzlichen kleinen, die jeden Tag mehr wurden. Es kam hin: Die großen Sterne mussten vier Adventstage und der Heilige Abend sein. Sie waren schon von Anfang an da. Die kleinen Sterne waren die Tage, die seit dem ersten Dezember vergangen waren. Das Auto war ein Adventskalender!

Voller Eifer trat er bei der ersten Gelegenheit auf den gerade wachhabenden Polizisten zu und verkündete ihm stolz seine Lösung. Der Polizist glaubte ihm nicht, erzählte jedoch am Abend vor der Wachablösung von dem kleinen Jungen und dessen Schlussfolgerungen. Sein Kollege krault sich den Bart. Vor Ort betrachtete er das Auto unter einem ganz anderen Gesichtspunkt, zählte die Sterne, verglich ihre Anzahl mit seinem Taschenkalender und musste zugeben, dass die Vermutung des Jungen nicht ganz abwegig war. Aber wer steckte dahinter? In keiner Nacht hatten sie einen Menschen gesehen, der sich auch nur auf fünf Meter dem Auto genähert hatte.

Und an Heinzelmännchen oder den Weihnachtsmann glaubte auch dieser Polizist nicht.

Am ersten Weihnachtsfeiertag war das Auto verschwunden. Nicht einmal eine schneefreie Stelle oder Reifenspuren erinnerten daran, dass es hier so lange gestanden hatte. Aus dem Wohnzimmerfenster guckte Tom und nickte zufrieden mit dem Kopf. In der Hand hielt er ein großes rotes Spielzeugauto, verziert mit gelben Sternen.

In Der Nacht

Es war eine dunkle Nacht, kein Mond, kein Stern am Himmel, nur regenschwere Wolken. Der Wind rauschte in der Tanne vor dem Haus. Manchmal streifte ein Ast das Dach. Dann gab es ein unheimliches Geräusch.
Daran war er gewöhnt.
Er kuschelte sich im Bett zurecht und lauschte. Jetzt fing es an zu regnen. Dicke Tropfen platschten auf das Fenstersims. Er mochte diese Nächte am Beginn des Winters, wenn er in der wohlige Wärme seines großen Bettes liegen und nachdenken konnte.

Sein langes Leben war wie das anderer in Höhen und Tiefen verlaufen und hatte ihn in seinem Haus allein zurückgelassen. Seine Frau war verstorben, und die Tochter wohnte in einer anderen Stadt mit ihrer Familie.
Sie rief regelmäßig an, kam aber selten. Auch die Enkelkinder ließen nur wenig von sich hören, sie waren mit ihrem Studium beschäftigt.

Er war es zufrieden, er kam gut allein zurecht. Sein Freund aus Kindheitstagen wohnte in derselben Ortschaft. Sie sahen sich häufig und spielten Schach miteinander, wenn sie nicht früheren Zeiten nachhingen.
Frühere Zeiten! Wie war das zu Weihnachten in dem großen Haus oben am Berg? Schnee lag zumindest immer. Vergeblich hatte er als Kind jedes Jahr nach den Schlittenspuren des Weihnachtsmanns gesucht. Zu seinem Kummer hatte er sie nie entdeckt, aber immer lagen Geschenke unter dem Lichterbaum.
Im Halbschlaf schreckte er plötzlich hoch. Was war das eben

für ein Geräusch? Jetzt war es nicht mehr zu hören. Nur Wind und Regen wie die ganze Zeit über.
Ein Lichtstrahl huschte über das Fenster und warf für einen Augenblick einen wandernden Schein auf die Wände. Ein vorbeifahrendes Auto? Er lauschte und wartete. Da war das Geräusch wieder, ganz kurz nur. Es kam vom Fenster her.

Er bekam es mit der Angst. Ein Einbrecher! Das Licht kam bestimmt von einer Taschenlampe!
Er hielt den Atem an, solange er konnte. Kein weiterer unbekannter Laut ertönte. Über das Dach kratzte der Tannenast. Da – wieder ein ganz kurzer Lichtschein vor dem Fenster.
Er stahl sich aus dem Bett, zog das Pfefferspray aus der Schublade des Nachtschränkchens, schlich ans Fenster und spähte hinaus. Er konnte nichts erkennen, keine Bewegung unten. Der Regen legte einen dichten Schleier über die Umrisse der Tanne und den Gartenzaun.
Lange stand er am Fenster. Das Spray hielt er fest umklammert. Nichts geschah.
Allmählich kroch ihm die Kälte an den Beinen hoch, er fror in seinem Schlafanzug. Er stieg wieder ins Bett, legte das Pfefferspray griffbereit auf das Nachtschränkchen und zog die Decke bis ans Kinn. Er lauschte. Nichts Verdächtiges mehr. Ihm wurde warm, und die Augen fielen ihm zu.
Beim Erwachen erinnerte er sich kaum noch an seinen Schrecken in der Nacht.

Er zog sich an und öffnete das Fenster, um zu lüften. Der Haken, mit dem er das Fenster feststellen wollte, ließ sich nur schwer bewegen. Er holte ihn mit einem Ruck heran. Da fiel etwas in die Tiefe und landete mit einem Plumps auf dem Rasen. Er beugte sich weit aus dem Fenster, konnte aber nicht genau erkennen, was im nassen Gras lag.

Auf Strümpfen lief er in die Waschküche, zog seine Gummistiefel und die Regenjacke an und trat entschlossen nach draußen.
Auf dem Rasen lag ein in schwarze Plastikfolie gewickeltes Paket. Eine rote Schnur war fest darum geknotet. Er nahm es mit nach drinnen an den Frühstückstisch.
Bevor er es öffnete, bereitete er sich bedächtig sein Frühstück. Er grübelte darüber, was das Päckchen zu bedeuten hatte und wer es am Fensterhaken im ersten Stock angebracht haben könnte. Er war doch nachts so schnell am Fenster gewesen, dass er auf jeden Fall eine Leiter hätte erkennen müssen, die jemand wegtrug.
Noch einmal ging er nach draußen und besah den Rasen genauer. Der war unberührt, nur seine eigenen Fußspuren konnte er schwach erkennen. Eine Leiter jedenfalls hatte keine Vertiefungen im Gras hinterlassen.

Mittlerweile war er so neugierig geworden, dass er sich nicht einmal Kaffee einschenkte, sondern sich gleich das Päckchen vornahm. Ein Paar rote Socken kamen zum Vorschein. Darin steckten mehrere kleine Cellophantüten mit Schokolade, Marzipan und hausgemachten Keksen, wie seine Mutter sie zu jedem Weihnachtsfest gebacken hatte.
Er naschte gedankenverloren von den Keksen. ...Wer? ging es ihm durch den Kopf,...warum?
Er schaltete wie jeden Morgen das Radio ein, um die Nachrichten zu hören.
„Guten Morgen, meine Damen und Herren. Heute ist Donnerstag, der 6. Dezember…" tönte es ihm entgegen. Ach so, … Nikolaustag! Den hatte er völlig vergessen. Aber wer…?

Rendezvous am 2. Advent

Es wurde so schrecklich früh dunkel in diesen Tagen! Und es war kalt und ungemütlich draußen. Konnte nicht Schnee fallen und die Welt ein wenig heller machen?
Missmutig ging Martha durch die Hauptstraße der Innenstadt. In die erleuchteten Schaufenster sah sie nicht, zu oft hatte sie die weihnachtlichen Auslagen schon angestarrt. Überall dasselbe, als ob die Manager der Kaufhäuser sich verabredet hätten. Die kleinen Boutiquen und Spezialgeschäfte hatten längst den großen Kaufhausketten weichen müssen. Es war schwierig, ein individuelles Weihnachtsgeschenk zu finden.
Zu allem Unglück fing es nun auch noch heftig an zu regnen. Martha hatte keinen Schirm dabei. Schnell flüchtete sie in eine der Bäckereien und bestellte sich einen Kaffee. Von irgendwoher plärrte laut ein amerikanisches Weihnachtslied. Ein Plastikweihnachtsmann bewegte sich dazu auf einem Bord über der Theke. Scheußlich!
Mit dem Kaffeebecher in der Hand suchte Martha einen Platz im Hintergrund. An einem Tischchen, an dem ein Mann saß, fand sie noch einen Sitzplatz. Das tat den müden Füßen richtig gut. Sie lächelte, ohne es zu merken.

Der Mann am Tischchen stand auf. Er bat sie, ihm den Platz frei zu halten, er wolle sich nur ein Stück Apfelkuchen holen. Martha verspürte plötzlich Hunger. „Könnten Sie mir auch ein Stück mitbringen, bitte?", bat sie ihn.
„Selbstverständlich", murmelte der Mann überrascht. Sie wollte ihm Geld geben, er aber war schon losgegangen.
Mit den Kuchen und seinem Becher Kaffee auf einem Tablett kehrte er an den Tisch zurück.
„Hier ist Ihr Kuchen", sagte er und stellte ihr den Teller hin.

„O, vielen Dank. Das war sehr freundlich von Ihnen. Was bin ich Ihnen schuldig?"

„Darüber reden wir nachher. Zuerst möchte ich Ihnen eine Frage stellen, wenn Sie erlauben."

Martha bekam einen Schreck. Wollte der Mann etwas von ihr?

„Ich möchte wissen, wenn sie erlauben, wie Sie Weihnachten feiern werden hier in der Stadt."

„Das ist eine seltsame Frage. Sind Sie Reporter?"

„Nein. Die dunklen Tage bringen einen ins Grübeln. Ich denke schon den ganzen Nachmittag darüber nach, wie wohl die verschiedenen Menschen das Fest feiern wollen."

„Nun, das wundert mich auch zuweilen", gab Martha zu. „Alles ist um diese Zeit so hektisch, da kann man gar nicht zur Besinnung kommen."

„Wie wahr!", stimmte der Mann zu. „Also, wie werden Sie Weihnachten feiern?"

„Wahrscheinlich ganz traditionell. Mit einem Tannenbaum und einem Gänsebraten, wenn es auch nur die Gänsebeine sein werden." Sie lächelte.

„Wird der Baum groß oder klein sein? Wie wird er von Ihnen geschmückt? Gibt es Pfefferkuchen und Weihnachtslieder?"

„Sind das nicht zu viele Fragen auf einmal?", fragte Martha ein bisschen ungehalten.

„Entschuldigen Sie, bitte, ich wollte nicht aufdringlich sein. Ich wollte nur einen Eindruck gewinnen, über den ich nachdenken kann, wenn ich mich an frühere Zeiten erinnere."

„Nun also", fing Martha an, „der Baum wird wohl klein sein und in einem Blumentopf stehen. Ich kann ihn dann später in meinen Vorgarten pflanzen. Da stehen schon drei Bäumchen aus den vorigen Jahren. Über den Schmuck mache ich mir seit Tagen Gedanken, denn meine Kugeln sind zu groß, die Kerzenhalter zu schwer. Eigentlich möchte ich etwas Ausgefallenes. Aber in all den Angeboten habe ich nur das Übliche

oder schreckliche moderne Dinge gesehen, die ich mir nie ins Zimmer holen würde."
Als der Mann nichts sagte, fuhr sie fort: „Zwei Weihnachtssterne für die Fensterbank werde ich am Samstag kaufen. Solche Pflanzen habe ich immer. Sie halten sich bis in den März und verbreiten mit ihrem Rot eine warme Atmosphäre."
Eine lange Pause entstand, in der jeder seinen Kuchen aß und sie den Kaffee austrank. Als Martha ihren leeren Becher auf das Tischchen stellte, nahm sie ihre Geldbörse wieder zur Hand und legte dem Mann drei Euro hin. Mehr konnte das Stück Kuchen ja wohl nicht gekostet haben.
„Ich muss weiter", sagte sie hastig, „der Regen scheint aufgehört zu haben."
„Einen Moment noch", bat der Mann. „Wenn Sie an ausgefallenem Weihnachtsschmuck interessiert sind, dann kommen Sie am 2. Advent in die Kunertstraße. Dort ist ein Weihnachtsmarkt mit ganz besonderen Angeboten."
Martha verließ das Lokal. Der Mann hatte sicherlich nur Reklame für den Markt gemacht. Schade, seine Fragen fand sie ganz interessant und sie hätte gern gewusst, warum er sie stellte.

Am 2. Advent sah die Welt ganz anders aus. Erstens war es Sonntag und wenig Verkehr auf den Straßen. Zweitens hatte es über Nacht leicht geschneit. Ein wenig Weiß verlieh der Stadt ein helleres Aussehen.
Als sie zur Kunertstraße kam, begrüßten sie über die Straße gespannte Girlanden aus Tannengrün und bunten Glühbirnen. Lebkuchen- und Glühweinduft kamen ihr entgegen. Sie brauchte nur noch ein paar Schritte zu gehen, da war sie auf dem Weihnachtsmarkt mit seinen Buden.
Martha ließ sich treiben, sie hatte kein besonderes Ziel, sondern war einfach neugierig. Sie kaufte sich an einem Stand ein größeres Marzipanherz mit Stechpalmenmotiven aus

Zuckerguss. An einer Bude trank sie einen Glühwein. Hier fühlte sie sich beobachtet, konnte aber kein bekanntes Gesicht ausfindig machen – auch nicht das des Mannes aus dem Bäckerladen vor einigen Tagen.
Was war das an der nächsten Bude? Es glitzerte und glänzte geheimnisvoll. Sie trank schnell ihren Becher aus und trat dann näher. Lauter kleine Glasfigürchen hingen an Ständern und am Rahmen der Bude und bewegten sich leise um sich selbst. Das Glitzern kam von den verschiedenen Lichtquellen in der Umgebung.
Martha staunte die Figürchen an. Dass Glasbläser etwas so Zartes zustande bringen konnten! Sie unterschied kleine Engel, Vögel, Herzen und Sterne. Da waren auch Bären und Wichtel – alle aus hellem Glas und nur beim näheren Hinsehen in ihrer Form zu erkennen. Solche Figuren mussten unbedingt an ihren kleinen Weihnachtsbaum! Sie kaufte eine ganze Schachtel voll. Dann bummelte sie weiter auf der Suche nach leichteren Kerzenhaltern und kleineren Kerzen. Als sie auch diese gefunden hatte, strebte sie der U-Bahn zu.
Da klopfte ihr jemand leicht auf die Schulter.
„Doch nicht so traditionell der Schmuck", sagte der Mann von neulich.
„Nein, aber wunderschön", antwortete Martha verlegen.
„Hatte ich es nicht versprochen?" Damit wandte sich der Mann ab und verschwand zwischen zwei Buden.

Am übernächsten Abend nahm Martha einen Brief aus dem Kasten, der eine unbekannte Handschrift trug. Der Inhalt des Briefes erstaunte sie noch mehr.
„Vielen Dank für das Rendezvous, Martha. Nächstes Jahr zur selben Zeit am selben Ort?"

Gibt es ihn?

Gertrude, genannt Trudi, und ihre kleinere Schwester Heidrun hatten ihre beiden größeren Geschwister belauscht, wie sie darüber sprachen, dass es gar keinen Weihnachtsmann gibt.
Die beiden Kleinen waren entsetzt. Keinen Weihnachtsmann? Wirklich keinen? Die Eltern und die Lehrerin sprachen doch voller Überzeugung von ihm in diesen Tagen. In der Schule hatte Frau Niebuhr gerade heute Morgen eine Geschichte vorgelesen, in der der Weihnachtsmann mit seinem Schlitten einem armen Mädchen eine Puppe gebracht hatte.

Trudi beschloss, der Sache auf den Grund zu gehen. Mama zu fragen, bedeutete, dass sie Heiko und Gundula verpetzen würde. Verpetzen war gemein, das hatte auch Frau Niebuhr immer wieder gesagt. Wen also fragen?
Am nächsten Tag befragte sie in den Pausen nacheinander die Kinder ihrer Klasse. Die einen sagten, ja, den Weihnachtsmann gäbe es, die anderen bezweifelten das. Schließlich fragte Peter, der neben ihr saß, die Lehrerin. Sie sagte: „Das könnt ihr schnell herausfinden. Ihr könnt ihm einen Brief schreiben. Er wird gern antworten, wenn es ihn gibt."
Wie schreibt man einen Brief an den Weihnachtsmann, wenn man gerade erst wenige Monate in die Schule geht und noch nicht richtig schreiben kann?
Den meisten Kindern war die Aufgabe zu schwer. Und so sehr waren sie an der Frage nicht wirklich interessiert, Hauptsache die Geschenke blieben nicht aus.

Trudi setzte sich zu Hause an ihren kleinen Schreibtisch, räumte alles beiseite, das sie stören konnte. Sie verbannte Heidrun aus dem Zimmer.
Sie nahm ein leeres Blatt und fing an:

„LIBA WEINAXMAN ICH WA IMA ATICH. ICH WILL EIN TEDDI MIT ZEUCH: GIBT ES DICH? TRUDI"

Sie malte noch einen Stern unter den Brief und steckte den gefalteten Zettel in einen Umschlag, den sie in der Kinderpost fand.

„Mama, schreibst du die Adresse an den Weihnachtsmann drauf?"

„Ja, meine Süße, das will ich tun. Ich stecke ihn auch an der Post in den Briefkasten."

Trudi war beruhigt. Nun würde der Weihnachtsmann ihren Brief erhalten und ihr antworten. Voller Stolz erzählte sie Heidrun, was sie unternommen hatte.

Vier Tage später nahm Mama einen Brief an Trudi aus dem Briefkasten. Eine Marke mit einem Tannenbaum war darauf und ein Stempel. Auf der Rückseite klebten sieben goldene Sterne. Trudi öffnete andächtig den Brief. Heidrun beugte sich genauso gespannt über das grüne Briefpapier. In goldener Schrift war zu lesen:

„LIEBE TRUDI !
MICH GIBT ES WIRKLICH: DU MUSST FEST AN MICH GLAUBEN; DANN BRINGE ICH DIR DEN TEDDY.
VIELE GRÜSSE VOM WEIHNACHTSMANN."

„Es gibt ihn doch!", empfing sie ihre Schwester Gundula, als die aus der Schule kam. Sie hielt ihr den Brief unter die Nase. Gundula machte ein ernstes Gesicht: „Hast du daran gezweifelt?", fragte sie scheinheilig. „Ich nicht, aber du", rief Trudi anklagend, „du hast mit Heiko darüber geredet, dass es ihn nicht gibt. Das habe ich genau gehört!"

„Nun weißt du es eben besser", war alles, was Gundula dazu zu sagen hatte. Auch Heiko murmelte später nur: „Wer glaubt, wird selig." Den Sinn dieser Worte verstand Trudi nicht.

Als die Lichter am Tannenbaum glänzten und die Familie das erste Weihnachtslied angestimmt hatte, läutete es an der Haustür. „Nanu", sagte Mama, „wer kommt denn da?"
„Der Weihnachtsmann", rief begeistert Heidrun und rannte als erste in den Flur. Trudi stand ganz still da.
„Mama, da ist niemand!", rief Heidrun enttäuscht, „kein Mann mit einem roten Mantel, niemand!"
Trudi fing vor Enttäuschung an zu zittern. Kein Weihnachtsmann. Aber da rief Mama schon: „Heidrun, du hast nicht genau hingesehen! Hier steht ein Sack auf den Stufen. Du musst doch noch den Zipfel von der Weihnachtsmannmütze gesehen haben! Du warst doch die erste an der Tür!"
Sie packten den Sack aus. Trudi nahm kaum wahr, was die anderen bekommen hatten. Sie drückte einen weichen Teddy an sich, der eine grüne Wolljacke und eine braune Hose trug.

Maren und der Weihnachtsmann

Maren stand am Gartenzaun hinter dem Haus. Sie spähte auf den verschneiten Acker. Maren fror ein wenig, sie hatte nur ihren Pullover an. Sie stand schon lange dort und sah über den Acker bis zum Waldrand.
„Maren, was tust du hier ohne Jacke und Mütze?", fragte ihre Mutter.
„Ich will den Weihnachtsmann sehen!"
„Den Weihnachtsmann? Jetzt schon? Es war doch gerade erst der Nikolaus da."
„Aber es hat geschneit! Da kommt der Weihnachtsmann mit seinem Schlitten und holt die Wunschzettel ab", erklärte Maren.
„Das mag schon sein", antwortete die Mutter, „aber an welchem Tag er kommt oder vielleicht bei Mondschein, wenn du schon schläfst, das weiß man doch nicht."
„Ich warte eben jeden Tag", rief Maren, „ich will ihn sehen und ihm winken."
„Zieh dich aber wenigstens sehr warm an, damit du nicht krank wirst und den Weihnachtsmann deswegen verpasst", mahnte die Mutter.

So stand Maren oftmals am Zaun, solange der Schnee noch lag. Den Weihnachtsmann sah sie nicht.
An einem Samstag nahm die Mutter Maren mit in die Stadt. Sie gingen in mehrere Geschäfte und dann in das große Kaufhaus. Dort war ein schreckliches Gedränge. Maren klammerte sich an die Hand ihrer Mutter, sie hatte Angst sie im Gewühl zu verlieren.
In der Abteilung, in der es Bücher zu kaufen gab, war das Gedränge noch größer. Viele Kinder mit ihren Müttern, Vätern

oder Omas strebten dorthin. Auf einem erhöhten Gestell saß der Weihnachtsmann. Er hielt ein Mikrophon in der Hand und fragte einzelne Kinder nach ihren Namen und ihren Wünschen. Zwischendrin rief er immer wieder: „Ho..Ho..Hoooo."
Maren drängte sich näher. „Warum sitzt der Weihnachtsmann denn hier, Mama?"
„Es liegt doch kein Schnee mehr, da kann er nicht auf seinem Schlitten fahren", versuchte die Mutter eine Erklärung. Maren leuchtete das ein.
Sie beobachtete den Weihnachtsmann aus nächster Nähe. Er sah nicht so alt aus, wie sie sich ihn vorgestellt hatte. Er hatte trotzdem einen dicken weißen Bart und einen roten Mantel mit Kapuze. Doch was war das? An einem Ohr löste sich der Bart und stand ein wenig vom Gesicht ab. Außerdem schwitzte der Weihnachtsmann gewaltig. Ein wenig Farbe lief über sein Gesicht.
Maren zerrte an der Hand ihrer Mutter. „Komm weg, das ist nicht der Weihnachtsmann!" flüsterte sie vernehmlich. Einige Leute lachten und sahen sie seltsam an.

Maren und Ihre Mutter gingen in die Haushaltsabteilung. Mama brauchte eine große Pfanne. Hier herrsche fast so etwas wie Stille und Leere. Nur undeutlich ließ sich noch das „Ho..Ho..Hooo" des falschen Weihnachtsmannes hören. Maren war enttäuscht. Wie konnte jemand die Kinder so betrügen!
Sie war froh, als ihre Mutter ihr erlaubte, sich neben einem Stand mit Kochtöpfen auf einen Hocker zu setzen. Sie konnte dort warten, bis Mama wiederkam. Maren konnte Mama ja überall sehen, die Borde mit den Töpfen und Pfannen waren nicht so hoch.
Maren sah sich um. Ein Stück weiter saß ein alter Mann auf ebenso einem Hocker und wartete sicherlich auch auf jeman-

den. Sie beobachtete; wie eine Frau lebhaft mit einem Verkäufer redete und auf verschiedene Töpfe zeigte.

Maren schaute sich nun den alten Mann genauer an. Er hatte einen dichten grauen Bart und graue Haare. Er trug eine grüne Lodenjacke und hatte einen braunen Hut auf den Knien. Er sah sehr nett aus.

Maren starrte lange auf den Mann. Dann stand sie auf und ging auf ihn zu.

„Na, meine Kleine", sagte der Mann freundlich, „wartest du auch?"

„Bist du der Weihnachtsmann?", fragte Maren begierig, „der da hinten ist nicht echt, der tut nur so."

„Hm. Alt genug bin ich ja", lächelte der Mann.

„Und dein Bart ist echt. Er geht nicht am Ohr ab."

„Ja, mein Bart ist echt", lachte der Mann und zupfte kräftig daran.

„Lieber Weihnachtsmann, ich wünsche mir so sehr die Puppe mit den langen Haaren und dem blauen Kleid", brachte Maren erleichtert ihren Wunsch vor. „Mehr brauch ich nicht."

Der Mann nickte zustimmend mit dem Kopf.

„Da kommt ja schon deine Mutter!"

„Tschüss, lieber Weihnachtsmann!", rief Maren hastig.

„Ich hab den Weihnachtsmann ganz lieb", erklärte sie ihrer Mutter. „Ob er meinen Wunsch erfüllt?"

Am Heiligen Abend saß die Puppe mit dem blauen Kleid unter dem Weihnachtsbaum.

Olafs Schneemann

Über Nacht war der erste dichte Schnee gefallen. Unberührt lag er auf dem Rasen. Im Sonnenschein glitzerten einzelne Schneekristalle auf.
Plumps – fiel ein Schneehäufchen vom untersten Ast der Eiche. Es hinterließ eine kleine Vertiefung in der makellosen, weißen Decke über dem Gras.
Olaf näherte sich vorsichtig der erahnten Rasenkante. Er wollte die Pracht nicht zerstören mit Fußstapfen. Er beobachtete den Zweig, von dem das Häufchen heruntergepurzelt war.
Wieder fiel ein Klümpchen. Und noch ein Häufchen landete.
Hinterdrein sprang ein Eichhörnchen und floh quer über den Rasen in den Apfelbaum.
Nun war die erste Spur gelegt. Wie ein Band lief sie quer über den verschneiten Rasen. Olaf hielt es nicht länger aus, er setzte selbst einen Fuß vor den anderen, um eine Spur zu hinterlassen, die die feine des Eichhörnchens kreuzte. Dabei achtete er sehr genau darauf, dass seine Schritte den gleichen Abstand hielten.
Als er am anderen Ende des Rasens angekommen war, schaute er zurück. Wie über Mamas Tischdecke waren zwei Bänder gekreuzt. Es sah gut aus. Nur waren die Bänder zu schmal, um wirklich wie Tischbänder auszusehen. Olaf machte kehrt und zog eine neue Spur neben die, die er eben bewundert hatte. Leider würde das Eichhörnchen nicht zurückkommen, und die andere Spur verbreitern, da musste er selbst ran.
Er ging am Rasen entlang zur Eiche, sprang bis zu ihrem Stamm und folgte der Spur der Pfötchen. Diesmal setze er Fuß vor Fuß fast ohne Abstand dazwischen. Am Ende der Bahn sah er sich wieder um. Toll, ein fast gleichmäßiges schräges Kreuz hob sich deutlich von der sonst so unberührten Fläche ab.

In die Mitte sollte doch wohl ein Schneemann!
Am Rand des Rasens rollte Olaf die erste Kugel. Er prüfte mehrmals, ob er sie noch tragen konnte. Als sie fast zu schwer war, nahm er sie in beide Hände und folgte sorgfältig den Fußspuren bis zum Kreuzpunkt. Dort setzte er die Kugel ab, stapfte vorsichtig weiter und rollte die nächste Kugel am Rasenrand gegenüber. Er trug sie, als sie die richtige Größe erreicht hatte, auf demselben Weg zur Mitte und setzte sie auf die erste Kugel. Mit einer dritten für den Kopf machte er es ebenso. In einem Eimerchen, das er aus der verschneiten Sandkiste hinter dem Haus holte, trug er mehrmals Schnee für die Arme herbei. Dabei benutzte er wieder die schon vorhandenen Bahnen.
Der Schneemann war fertig, ihm fehlten nur noch Augen, Nase und Mund und ein möglichst großer Hut.
Olaf setzte sich auf die Stufen zum Hauseingang und dachte nach. Augen mussten schwarz sein, das wusste er aus den Bilderbüchern, und als Nase musste eine Möhre her. Aber im Haus gab es im Moment keine Möhren. Musste es ein Hut sein? Konnte vielleicht Papas Pudelmütze die richtige Kopfbedeckung werden? Die Mütze setzte Papa sowieso nicht auf, die fand er blöd.
Er ging ins Haus. Er zog die Gummistiefel aus und griff sich Papas Pudelmütze, die auf der Kommode lag. Etwas Schwarzes für die Augen? Etwas Rotes, Spitzes? Olaf legte die Mütze zurück und ging in der Küche auf Suche. Im Kühlschrank waren tatsächlich keine Möhren. Eine rote Paprika lachte ihn an. Viel zu groß! Kurzentschlossen nahm er ein Messer aus der Schublade und schnitt einen Streifen ab. Der Saft hinterließ hässliche rote Flecken auf dem Arbeitsbrett. Die konnte er nachher abwischen. Den Rest der Paprika legte er wieder ins Gemüsefach. Im Küchenschrank fand er auf einem der unteren Borde eine Schachtel mit blauen Teelichtern. Davon nahm er zwei und steckte sie in die Jackentasche.

„Bist du zurück, Renate?", rief Papa aus seinem Büro, wo er am Computer arbeitete.
„Ich bin's", gab Olaf zur Antwort, „ich bin draußen und hab nur was geholt."
„Und keine Dummheiten gemacht, Sohnemann?"
„Nö. Ich baue einen Schneemann."
„Ich guck ihn mir dann an, wenn er fertig ist", kam es aus dem Büro, dann klapperten wieder die Tasten.
Olaf ging in den Flur, nahm die Pudelmütze mit und schlüpfte in die Gummistiefel. Mit seinen Schätzen zog er auf der ausgetretenen Spur zum Schneemann. Er staffierte ihn mit den Teelichtern als Augen und der Paprikascheibe als Nase aus. Die Pudelmütze bereitete einige Schwierigkeiten, sie war am Rand etwas eng. Endlich gelang auch dieser Teil der Arbeit.
Zufrieden setzte sich Olaf wieder auf die Eingangsstufen zum Haus und besah sein Werk. Einen Schneemann mit blauen Augen und einer kleinen hängenden Nase hatte es sicher noch nicht gegeben.

Vor der Hecke hielt Mamas Wagen. Sie stieg aus und holte einige Taschen aus dem Kofferraum. Als sie Olaf auf der Treppe sitzen sah, rief sie entsetzt: „Steh auf! Du erkältest dich! Die Steine sind viel zu kalt!"
Olaf gehorchte. „Sie mal, Mama, was ich gebaut habe!"
Die Mutter sah sich den Schneemann an. Mehr aber staunte sie über die gekreuzten Spuren. Ihr Söhnchen schien einen ausgeprägten Sinn für Ordnung und Form zu haben.
„Das hast du aber schön gemacht, Olaf. Viele Leute werden am Gartenzaun stehen bleiben und dein Werk bewundern."
Papa sah sich den Schneemann im Kreuz der Spuren vom Wohnzimmerfenster aus an. Er war froh, dass seine ungeliebte Pudelmütze einem solchen Zweck diente.

Drei Tage stand der Schneemann im Vorgarten. Dann fing es an zu tauen. Mama und Papa fuhren zum Markt und holten Tannenzweige für einen Adventskranz. Am Abend hatte Mama ihn fertig gewunden und reichlich geschmückt. „Übermorgen ist der erste Advent und bald ist Nikolaus", sagte sie beim Abendbrot. „Morgen darfst du helfen, Plätzchen zu backen."
„Und mein Schneemann?"
„Tja, der taut wohl, wenn es in der Nacht nicht Frost gibt", sagte Papa.
Am Morgen aber war das Tauwetter vorerst zu Ende. Froh sah Olaf aus dem Wohnzimmer, bevor er Mama in der Küche half.

Nikolaustag kam und ging vorüber. Olaf hatte seine Schuhe voll mit Naschzeug und kleinen Geschenken vorgefunden. Dem Schneemann hatte er das bunte Stanniolpapier seiner Süßigkeiten in einer Kette um den Hals gehängt.
Dann schmolz der Schnee endgültig. Der arme Schneemann schrumpfte im Regen immer mehr zusammen.
„Hol wenigstens die Pudelmütze rein, die soll jetzt mit in die Waschmaschine", bat Mama. Olaf ging hinaus auf den nun fast wieder grünen Rasen. Seltsam, die Pudelmütze und die Augen waren noch da, aber die rote Nase war nicht zu finden. Ob sie unter dem letzten Häufchen aus matschigem Schnee lag?
Olaf stocherte mit klammen Fingern im Matsch. Plötzlich fühlte er etwas Hartes. Er grub es aus den Schneeresten. In der Hand hielt er eine gläserne Kugel mit einer Winterlandschaft darin und dem Weihnachtsmann auf dem Schlitten. Er schüttelte die Kugel. Da schneite es in ihrem Innern.
„Mama, Papa, seht, was ich gefunden habe!", rief er schon im Flur und hielt den eilends herbeigekommenen Eltern seinen Fund unter die Nase.

„Wie kommt das unter den Schneemann?", wollte Olaf wissen.
„Na, wie wohl?!", lachte Papa. „Wer wird die Kugel dorthin gebracht haben?"
„Der Weihnachtsmann vielleicht?", riet Olaf.
„Oder der Nikolaus?", meinte Papa, „als der neulich die Schuhe für dich gefüllt hat? Vielleicht sollte der Schneemann auch etwas Schönes haben."
„Und er hat es mir geschenkt", stellte Olaf befriedigt fest.
„Er bedankt sich dafür, dass du ihn so schön gemacht hast", lächelte Mama.

Das Weihnachtsbild

Der Frost hatte über Nacht Eisblumen ans Fenster gemalt. Sie sahen aus wie phantastische Farnkräuter. Ein Wald aus Farn. Gudrun trat dicht an die Scheibe und verfolgte vorsichtig mit dem Zeigefinger eine Stängellinie von unten her bis zur Spitze. Sie fühlte sich etwas rau an und schmolz hinterher. Gudrun dachte, sie käme bald wieder, wenn sie sich vom Fenster etwas entfernte. Aber nach einer Weile zeigten sich an der getauten Stelle wirre Linien, die das gesamte Bild störten. Wenn sie die alte Pracht doch malen könnte!
Sie holte aus ihrem Schulranzen den Zeichenblock und ihre Federtasche. Mit einem Bleistift begann sie die ersten feinen Linien auf das Papier zu zeichnen. Um besser sehen zu können, beugte sie sich nahe an das Fenster. O weh! Alles fing an zu tauen. Sie hatte zu dicht am Eis geatmet. Sie beschloss, die Zeichnung aus dem Gedächtnis zu Ende zu bringen.

Nach einer Weile schaute sich Gudrun ihr Werk aus einer etwas größeren Entfernung an. Einem Urwald glich das Gezeichnete mehr als dem zarten Gebilde vorhin am Fenster. Nun gut, ein Urwald war auch etwas. Es fehlte aber Leben in ihm. Welche Tiere sollten zwischen den Zweigen der Bäume hindurchsehen? Sie fing mit einem Affen an. Er sah aber eher aus wie ein Gnom.
O ja, ein Gnom war gut. Ob sie noch einen zustande brachte?
In der unteren Ecke des Bildes entstand ein anderes Wesen, das einem Gnom ähnlich sah. Sie zeichnete ihm eine spitze Mütze auf den Kopf. Neben ihm brachte sie ein Tier mit vier Beinen auf das Papier. Es glich einer Mischung aus Hund und Hase, denn die Ohren waren zu lang geraten. Da Gudrun keinen Radiergummi hatte, musste das Tier so bleiben – oder

konnte sie es noch verändern? Ja doch! Es bekam dicke Punkte ins Fell und spitze Zähne in die Schnauze. Aus Übermut bekam es auch noch Flügel an die Schultern.
Jetzt wurde es Zeit, sich für die Schule fertig zu machen. Sie zog sich an und packte Zeichenblock und Federtasche wieder in den Ranzen.

In der Schule konnte Gudrun nicht richtig aufpassen. Die Lehrerin erwischte sie im Rechenunterricht mehrmals beim Träumen und gab ihr Extraaufgaben für die Hausarbeit mit. Im Deutschunterricht fiel das nicht so auf, da sollten die Kinder einen Text abschreiben. Die Fehler, die Gudrun dabei machte, würde die Lehrerin erst später entdecken.
Nach der Pause betrat ein unbekannter Mann das Klassenzimmer. Alle Kinder waren aufgeregt. Wo blieb ihr Lehrer für Naturkunde?
„Herr Müller liegt im Krankenhaus, deshalb bin ich im letzten Moment geschickt worden, ihn zu vertreten", erklärte der fremde Lehrer. „Ich bin Herr Zielke. Ich habe noch nicht mit Herrn Müller sprechen können. Ich weiß also nicht, was ihr gerade durchgenommen habt. Deshalb habe ich euch eine ganz besondere Aufgabe mitgebracht."
Die Kinder spitzten die Ohren und sahen Herrn Zielke erwartungsvoll an.
„In der Zeitung stand gestern, dass ein reicher Herr hier aus der Stadt einen Wettbewerb veranstaltet unter den Schulkindern der vierten Klassen. Und zwar möchte er einen Preis für das schönste Weihnachtsbild vergeben. Ich denke, dazu fällt euch genug ein. Ihr könnte gleich anfangen."
Gudrun holte - wie alle Kinder - ihren Zeichenblock aus dem Ranzen und dazu Bleistifte und Buntstifte.
„Ist Tuschen erlaubt?", fragte ihre Nachbarin Marianne.
„Es steht euch frei, wie ihr und womit ihr das Bild malt", antwortete Herr Zielke. „Viel Spaß bei der Arbeit und viel

Erfolg, falls ihr das fertige Bild einreichen wollt. Ihr könnt es mir geben, denn ich werde wohl einige Zeit Herrn Müller vertreten müssen."

Gudrun überlegte. Was sollte sie malen? Als sie den Zeichenblock aufschlug, sah sie das unfertige Bild vom frühen Morgen. Es sah gut aus, war aber eben ein Urwald, hatte nichts mit Weihnachten zu tun. Nachdenklich betrachtete sie die beiden Gnome. Konnten das die Zwerge des Weihnachtsmanns sein? Tolle Idee! Und das Tier? Vielleicht ein Wolf? Entschlossen füllte sie das Tier ganz mit Bleistift aus, so dass es gefährlich schwarz wurde. Wenn sie doch bloß nicht die Flügel gezeichnet hätte! Der Sack, das war es! Sie verband die beiden Flügel mit einer Linie und zeichnete noch ein paar Falten in das Gebilde. Der Wolf trug nun den Weihnachtsmannsack auf dem Rücken. Das konnte gut passen, war nicht der Weihnachtsmann mit allen Tieren vertraut? Und warum sollten es immer die blöden Rentiere mit dem Schlitten sein?
Aber der Weihnachtsmann, wo sollte der hin? Und ein Tannenbaum fehlte auch noch.
Gudrun brach die Spitze ihres Bleistiftes ab, glättete die scharfe Kante der Mine am rauen Stoff ihrer Jeans und ging ans Werk. Mit kräftigen dicken Strichen zeichnete sie einen Tannenbaum in den Vordergrund. Er hob sich gut von den zarten Linien ihres Urwaldes ab. Da lag eben Schnee auf den anderen Bäumen. Das gab einen guten Kontrast. Der Wolf war nun nicht der einzige dunkle Gegenstand auf dem Bild.
Für einen großen Weihnachtsmann war nun aber kein Platz mehr. Er musste trotzdem irgendwie ins Bild. Ein Weihnachtsbild ohne Weihnachtsmann konnte sich der reiche Herr sicher nicht vorstellen.
Sie kaute an ihrem Bleistift. „Was malst du?", fragte sie Marianne und lehnte sich zur Seite, um besser sehen zu können. Marianne hatte einen großen Weihnachtsmann im roten

Mantel getuscht. „Wo soll er seinen Sack haben?", fragte sie Gudrun.

„Ich finde, er braucht keinen Sack, er sollte lieber einen kleinen grünen Tannenbaum in der Hand halten. Grün passt so gut zu Rot." Marianne nickte dankbar. Sie schaute sich nun ihrerseits Gudruns Zeichnung an. „Malst du nur mit Bleistift?", fragte sie überrascht.

„Ja. Das finde ich immer am schönsten. Außerdem kann ich nicht so gut mit dem Pinsel. – Sag mal, wie soll ich in diesem Wald noch einen Weihnachtsmann unterbringen?"

„Hm. Hast du deine Buntstifte? Ja, dann mal doch einfach eine rote Mütze zwischen die Zweige und darunter ein paar Augen."

„Das ist doch dann aber kein Weihnachtsmann!"

„Doch, Gudrun. Man muss ihn sich eben vorstellen. Ich glaube das macht Spaß beim Anschauen."

Gudrun war nicht ganz überzeugt von Mariannes Vorschlag. Ihr fiel aber nichts Besseres ein. Sie überlegte, wohin sie die rote Mütze zwischen die Zweige malen sollte. Wenn sie erst einmal den roten Buntstift fest irgendwo angesetzt hatte, gab es kein Zurück mehr. Wohin mit der roten Mütze?

Sie riss ein Stück von einem Tempotuch ab und malte es rot an. Sie schnitt ein Dreieck aus. Das schob sie auf dem Bild hin und her. Am besten wirkte es, wenn es nicht genau in der Mitte war. Bei dem Zwerg mit dem Wolf war der beste Platz. Mutig nahm sie den roten Stift und malte die Mütze. Es war sogar noch eine Lücke da für ein Gesicht, von der Seite gesehen. Ein Betrachter musste aber genau hinschauen, sonst konnte er es im Gewirr der Linien nicht erkennen. Jetzt brauchten nur noch die Zwerge einen Hauch Grau für ihre Kleidung, dann war das Bild fertig.

Nach der Stunde gab sie das Bild dem neuen Lehrer. Er war erstaunt, dass schon eine Schülerin fertig war. Er betrachtete

das Bild, gab es ihr zurück und bat sie, ihren Namen und ihre Anschrift auf die Rückseite zu schreiben. Danach steckte er das Bild in eine rote Mappe und nahm es mit. „Viel Glück", sagte er beim Hinausgehen.

Nun fing das Warten an. Aber bald schon war es nicht so schlimm, denn in der Adventszeit gab es viel Aufregung zu Hause und in der Schule. Für eine Aufführung vor den Eltern übte die Klasse Lieder und Gedichte ein. Zu Hause half Gudrun beim Backen und Verzieren der Plätzchen. Sie durfte sogar ganz allein einen Nusskuchen backen.
Drei Tage vor Weihnachten brachte der Postbote einen Brief für sie. Nanu?
Als Gudrun den Brief öffnete, kamen ihr zwei Karten für eine Aufführung im Kindertheater entgegen. Am 10. Januar war die Aufführung des Märchens vom Rotkäppchen. Gudrun las den Brief:

„Liebe Gudrun, Du hast ein ganz ungewöhnliches Bild gemalt. Es hat mir persönlich am besten gefallen. Die Preisrichter haben sich anders entschieden und lieber bunte Bilder mit Preisen bedacht. Ich aber liebe Dein Bild und will Dir außerhalb der Preise eine Freude machen. Die Karten sind für Dich und eine erwachsene Person. Sicherlich wird Deine Mutter oder Dein Vater die Gelegenheit, dich zu begleiten, wahrnehmen.
Am Ende der Vorstellung komm bitte an den hinteren Eingang. Ich erwarte Dich und Deine Begleitung dort, weil ich sehen will, welch kleine Künstlerin – und als solche betrachte ich Dich – ein so erstaunliches Bild geschaffen hat. Vielleicht kannst Du mir erzählen, wenn Du Dich noch daran erinnerst, was Du Dir beim Zeichnen gedacht hast.
Ich warte mit Spannung auf das Zusammentreffen!"

Darunter war eine Unterschrift, die sie nicht entziffern konnte. Ihr Vater sagte ihr, der Herr sei ein wichtiger Mann in der Stadt.

„Es ist eine Ehre, dass er dich sehen will, Kind. Vielleicht solltest du ihm das Bild schenken?"

Unruhe im Einkaufzentrum

Da standen sie, zwei weiße Styroporkinder im Schaufenster eines Spielwarengeschäftes. Offenbar waren sie aus der gegenüberliegenden Boutique ausgeliehen worden. Es handelte sich um ein Mädchen mit einer gelben Zopfperücke und einen Jungen mit einem dunklen Wuschelkopf. Angezogen hatte man sie mit konventioneller Sportkleidung. Das Besondere an ihnen war, dass sie je einen kurzen roten Umhang trugen und ihnen eine Weihnachtszipfelmütze auf den Kopf gesetzt worden war.

Sie sahen gelangweilt aus, guckten mit leerem Blick aus dem Schaufenster, schauten dich aber nicht an. Neben ihnen war Spielzeug aufgehäuft: zwei große Teddybären, ein Adventskalenderhäuschen mit Schubladen, ein Schlitten, ein Netz mit neonfarbenen Bällen. Am Boden vor ihren Füßen drehte eine elektrische Eisenbahn ihre immer gleichen Kreise.
Ab und zu blieb eine Mutter, hergezerrt, mit ihren Kindern vor dem Fenster stehen. Wenn die Kinder die Auslage betrachtet hatten, drehten sie enttäuscht um, weil sie kein computergesteuertes Fahrzeug, keine mit Lämpchen blinkende Puppenstube sahen.
„Arme Gestalten", seufzte eine Großmutter, als sie das Fenster passierte. Doch dann blieb sie stehen und sah den beiden Schaufensterpuppen direkt in ihre leeren Augen. Sie murmelte etwas und deutete unmerklich auf ihre Armbanduhr. Beim Weggehen grinste sie ein klein wenig. Niemand hatte im Gewühl des Einkaufszentrums auf sie geachtet.

Um Mitternacht wurde es im Spielzeugladen lebendig. Das Mädchen und der Junge streckten ihre Glieder, gähnten herzhaft und wagten den ersten Schritt ihres Daseins. Vorsichtig stiegen sie aus dem ebenerdigen Schaufenster in den Verkaufsraum. Sie kicherten leise. Durch die gläserne Eingangstür spähten sie nach draußen. Es herrschte gedämpftes Licht in der sonst so belebten Halle. Kein Mensch war zu sehen, alles schien still. Nein, ein brummendes Geräusch kam näher. Ein Mann saß auf einer Maschine, die den Boden vor den Läden säuberte. Er achtete auf nichts, zog die vorgeschriebene Bahn. Die Kehrmaschine hinterließ eine feuchte Spur. Dann war alles ruhig.

Die beiden Schaufensterpuppen versuchten, die Tür zu öffnen, indem sie sich dagegen lehnten. Die Türen gaben nicht nach. Da entdeckte der Junge das Schloss. Er legte seinen Zeigefinger darauf. Tatsächlich sprang die Tür auf, die beiden konnten den Laden verlassen. Zuerst rannten und sprangen sie ausgelassen umher.

Als sie ein wenig müde wurden, verlegten sie sich darauf, in die Fenster anderer Läden zu gucken, um herauszubekommen, was es dort gab. An Klamotten waren sie nicht interessiert, die kannte sie zur Genüge. Aber da war ein Fleischerfachgeschäft. Mit den Dingen, die sie dort entdeckten, wussten sie nichts anzufangen, die kamen ihnen unheimlich vor.

Lustig wurde es, in ein Brillengeschäft zu blicken. Sie ahnten, dass die ausgestellten Brillengestelle etwas mit Augen zu tun haben mussten. Auf dieselbe geheimnisvolle Weise öffnete der Junge mit dem Zeigefinger die Tür. Und nun begannen sie, Brillengestelle aufzusetzen. Als sie dann den Spiegel entdeckten, gab es kein Halten mehr. Alle farbigen Brillen wurden auf ihren weißen Stupsnasen ausprobiert.

Plötzlich ertönte ein geheimnisvoller Ton, ihre Stunde der Freiheit war nahezu um. Sie beeilten sich, in ihr Schaufenster zu gelangen, wo sie erstarrten.

Am Morgen war die Aufregung groß. Polizisten untersuchten den Optikerladen, suchten in der Halle nach Spuren eines Einbruchs, entdeckten aber nur, dass an manchen Stellen, an denen die Kehrmaschine hätte kaum merkliche Streifen hinterlassen müssen, diese zerstört waren. Auch waren die Verriegelungen aller Außentüren verschlossen und die Ladengeschäfte vorschriftsmäßig gesichert gewesen. Nur beim Optiker herrschte ein unbeschreibliches Durcheinander, es fehlte jedoch nichts.

Am folgenden Morgen waren im Supermarkt bemerkenswerte Veränderungen in der Koffer- und Taschenecke entdeckt worden. Wieder war die Polizei mit Ermittlungen beschäftigt, die zu nichts führten. Es fehlte nichts, es gab keinerlei Anhaltspunkte, wie jemand in den gut gesicherten Markt hätte eindringen können.

So ging es eine Zeitlang weiter. Jeden Arbeitstag war in einem Geschäft etwas in Unordnung, verkehrt sortiert, auf dem Boden verstreut, ohne dass je ein Verlust auch nur eines Gegenstandes gemeldet werden konnte.

Als jedoch im Juwelierladen die Ringe, Broschen und Ketten einfach auf den Tischen lagen oder zur Erde gerollt waren und der Inhaber behauptete, zwei äußerst kostbare Diamantringe wären verschwunden, wurde die Angelegenheit sehr ernst genommen.

Bei der Polizei entschloss man sich, Detektive nachts im Zentrum einzuschließen und Wärmebildkameras zu benutzen. Bis Mitternacht passierte nichts. Dann meinte einer der Detektive, zwei kleine Gestalten zu entdecken, bekam aber einen gewaltigen Schreck, als er ihre schneeweiße Haut flüchtig sah. Er verständigte seinen Kollegen per Handy. Der begegnete ebenfalls den weißhäutigen Gestalten in ihren Weihnachtsmannmützen und dachte an Gespenster, zumal die Wärmebildkamera nichts anzeigte.

Der eine wie der andere zog sich an eine Eingangstür zurück, um die unheimlichen Gestalten dort am sichersten zu stellen. Sie warteten vergebens und schliefen gegen Morgen ein.

Eines Nachmittags erschien eine alte Rentnerin im Polizeirevier und fing umständlich an zu reden. Die Beamten wurden aus ihren Worten nicht schlau, wollten sie aber nicht kurz abblitzen lassen. Sie spendierten ihr – auch weil sie gerade nicht viel zu tun hatten – eine Tasse Kaffee.
Daraufhin wurde die alte Frau etwas genauer in ihren Worten und sprach den erstaunlichen Satz:
„Die beiden Puppen taten mir so leid, ich wollte ihnen eine kleine Freude bereiten."

Drei Weihnachtsmänner

Endlich war der See so dicht zugefroren, dass man darauf gehen konnte. An einer Stelle war eine größere Fläche gefegt worden, so dass das Eis glänzte.
Drei junge Männer tanzten übermütig in Weihnachtsmannkostümen auf dem Eis. Die Musik kam aus dem Kassettenrecorder, der auf einem Schlitten am Rande der gefegten Fläche stand.
Es wurde schon dämmrig. Viel Zeit hatten sie nicht mehr, sie mussten bald in den Vorbereitungskurs für die diesjährigen Weihnachtsmänner aufbrechen. Ihre roten Zipfelmützen wehten im Wind, ihre Mäntel flatterten um ihre Beine. Die künstlichen Bärte standen etwas steif von ihren Gesichtern ab.
Sie hatten einen enormen Spaß, denn sie waren um diese Zeit fast die einzigen auf dem See.

Sie merkten nicht, wie sich ein Vater mit seinem kleinen Sohn auf Schlittschuhen näherte.
„Sieh mal, Papa, drei Weihnachtsmänner! Wie kommt das?", wollte der Knirps wissen.
„Das kann ich nicht erklären", antwortete der Vater ernst, „ich habe nur von einem gehört und früher nur einen gesehen, wenn er zu mir am Weihnachtsfest kam. Aber wir können ja mal fragen."
Vater und Sohn näherten sich den drei tanzenden Gestalten in den roten Mänteln. Der kleine Klaus sah ihnen einen Moment lang zu, dann rief er so laut er konnte: „He! Hallo! Weihnachtsmänner!"
Die drei jungen Männer hielten in ihrem Lauf inne. „Da haben wir den Salat", murmelte einer leise. Die Drei guckten betreten auf Klaus und seinen Vater.

„Warum seid ihr drei?", fragte der Junge.
„Ja, ähäm, wir sind die Söhne des Weihnachtsmanns, weißt du."
„Aber was macht ihr hier?"
„Wir haben hart gearbeitet und wollen ein wenig Spaß", antwortete ein anderer. „Außerdem müssen wir üben, denn wenn zu Weihnachten Glatteis ist, müssen wir auf Schlittschuhen zu den Kindern kommen", fügte der dritte Mann hinzu.
Klaus starrte sie mit offenem Mund an: „Aber es gibt doch nur einen richtigen Weihnachtsmann!", brachte er empört vor, „und der kommt mit dem Rentierschlitten! Das weiß ich ganz genau."
Die drei Weihnachtsmänner sahen sich an und danach auf Klaus. Der erste fing wieder an: „Ja, das ist schon richtig. Du hast recht. Aber…"
„Ihr seid falsch!", schrie Klaus dazwischen.
„Nein", beschwichtigte ihn der zweite, „lass dir erklären: Du bist der Sohn von deinem Vater. Wir sind die Söhne vom Weihnachtsmann. Das kannst du doch schon verstehen, nicht wahr?" Klaus nickte, das wusste er ja, dass er Papas Sohn war. „Siehst du!", rief wieder der erste. „Dein Papa arbeitet sicher die ganze Woche hart. Und wenn du groß bist, wirst du auch arbeiten gehen, nicht wahr?" Klaus nickte wieder zustimmend. „Eines Tages wird dein Papa so alt sein, dass er nicht mehr zur Arbeit geht. Dann verdienst du Geld und dein Papa setzt sich zur Ruhe."
Klaus blickte die drei jungen Männer zweifelnd nacheinander an. Das hatte er noch nicht gehört.
„So ist das, Klaus. Wenigstens in den meisten Fällen", stimmte nun der Vater zu. „Und der Weihnachtsmann ist schon ganz furchtbar alt. Er muss auch bald an Ruhe denken."

„Genau", bestätigte einer der Männer, „deshalb üben wir schon mal, damit wir es können, wenn es so weit ist."
„Packt ihr auch die Geschenke ein?", fragte Klaus erneut.
„Dieses Jahr tut es noch unser Vater. Vielleicht übernehmen wir im nächsten Jahr die Arbeit."
„Schade, euch kenn ich jetzt. Den Weihnachtsmann hab ich noch nicht gesehen. Er kommt immer, wenn ich schlafe und bringt die Geschenke."
„Wir werden ihm sagen, er soll dieses Jahr früher zu dir kommen. Ist das o.k.?"
„O ja!"
Der Vater machte ein etwas unglückliches Gesicht. Er hatte eigentlich nicht die Absicht gehabt, einen Weihnachtsmann zu bestellen. Nun musste er es wohl tun. Offenbar gab es eine Vermittlungsstelle.

„Darf ich ein wenig mit euch laufen?", bettelte Klaus.
„Ja, zehn Minuten sind wir noch hier, dann müssen wir nach Hause."
Zwei der jungen Leute nahmen Klaus an die Hand und liefen mit ihm im Kreis, drehten ihn, hoben ihn auch einmal hoch. Stolz baute er sich am Schluss vor seinem Vater auf und rief frohlockend: „Das glaubt mir keiner morgen im Kindergarten!"
„Es ist ja auch ganz etwas Besonderes mit Weihnachtsmännern zu tanzen", bemerkte der Vater und zog seinen Sohn über das Eis zum Auto am Ufer.
Er hatte gemerkt, wie die jungen Männer sich heimlich fragten, wie sie aus der Nummer wieder herauskommen sollten.

Als die Männer sich ihre Schlittschuhe auszogen, hörten sie von ferne das Kind rufen: „Kommt ihr denn dann zu mir?"
„Wer weiß?", riefen sie zurück und lachten.

Im Park

Im Park hinter dem Altenheim herrschte Aufregung. Zuerst zwitscherten die Vögel es sich zu. Dann piepsten die Mäuse die Neuigkeit weiter: In der Ecke hinter dem Haus zwischen der Tür und der Garage lehnte ein großer Tannenbaum.
Die Meisen und Spatzen beäugten ihn misstrauisch. Die Mäuse beschnupperten ihn und wunderten sich: er hatte keine Wurzeln. Der Stamm war unten glatt angesägt und duftete gut. Nur zum Fressen gab er nichts her. Und ein Loch unter ihm zu graben war nicht möglich, denn da, wo er stand, gab es nur Betonplatten.
Was also sollte der Baum hier?
Die Tiere stoben auseinander, als eine Küchenhilfe aus der Tür kam. Auch sie wunderte sich, bestaunte den Baum und nickte zustimmend. Sie ging weiter und streute den Vögeln reichlich Futter in das Vogelhaus, das dem Speisesaal gegenüber aufgestellt war. Die alten Leute sollten sich an den Vögeln freuen.
Schnell kamen die Vögel zurück und pickten eifrig ihr Futter. Alles war wie sonst. Offenbar keine Gefahr. Die Mäuse waren neidisch und lauerten darauf, dass die Vögel etwas von ihrem Überfluss fallen ließen. Wenn im Zank um das Futter einige Körnchen herunterfielen, huschten sie unter dem Rhododendron hervor und holten es.

Über Nacht kam Frost mit Raureif. Die Tanne sah aus, als wenn sie mit Zucker bestreut wäre.
Die Meisen und die anderen Vögel saßen auf den Zweigen der Parkbäume und plusterten sich gewaltig auf. Sie konnten es kaum erwarten, dass ein Mensch erschien und ihnen ihr Futter brachte. Die Mäuse blieben in ihren warm gepolsterten Nestern unter der Erde zwischen den Wurzeln und rührten

sich nicht. Sie brauchten nicht raus in die Kälte, sie hatten gut gefüllte Vorratskammern.

Als die Sonne höher stand - gegen Mittag -, verließ eine besonders vorwitzige Maus ihr Loch. Sie wollte erkunden, was es mit dem Tannenbaum auf sich hatte. Sie hörte lautes Gezänk am Futterhaus. Eine Elster versuchte, die kleineren Vögel zu verdrängen. Das hatte es lange nicht mehr gegeben. Die Elster passte doch gar nicht in das Häuschen!

Die Maus huschte unter den Rhododendron und schaute von da aus dem Kampf zu. Die Elster schaffte es doch glatt, die anderen Vögel zu vertreiben und sich in das Häuschen zu zwängen. Da saß sie nun, konnte nicht an das Futter heran, denn es war kein Platz, den Kopf nach unten zu neigen, so oft sie sich auch im Kreis bewegte. Ärgerlich versuchte sie, wieder aus dem Vogelhaus zu kommen, sah sich aber gefangen, es war zu eng, um auf den Rand zu hüpfen und wegzufliegen.

Nach kurzer Zeit kam ein Mann aus der Tür. Er hatte das Gezänk der Vögel gehört und die ganze Szene beobachtet. Er trat an das Häuschen und streckte seine Hand aus. Die Elster pickte wütend nach der Hand. Der Mann hatte feste Arbeitshandschuhe an. Er packte die Elster mit beiden Händen und hob sie aus ihrem Gefängnis. Sie verschwand sofort, als sie die Freiheit spürte.

„Da kann ich gleich den Baum richten. Die Handschuhe habe ich schon an", murmelte der Mann.

Die Maus konnte ihre Neugier nicht bezwingen und blieb in ihrem Versteck und beobachtete.

Der Mann holte eine Axt und ein komisches Gestell aus der Garage. Er schlug ein paar Mal schräg auf den abgesägten Baumstamm ein und stellte die Tanne dann in das Gestell. Danach machte er sich daran zu schaffen, rüttelte mehrmals am Baum und ließ ihn schließlich stehen.

Als er nicht wiederkam, huschte die Maus unter den Baum, um sich die Sache anzusehen. Der Baum stand nun gerade, er

war nicht mehr angelehnt. Das Gestell, das ihn festhielt, war aus Metall. Die abgeschlagenen Holzstückchen vom Stamm sagten ihr ebenfalls nicht, worin der Sinn der Angelegenheit bestehen konnte. Sie huschte wieder zurück. Unter dem Futterhaus lagen eine Menge Körner. Sie alarmierte die anderen Mäuse. Alle holten sich Körner und packten sie in ihre Vorratskammern. Keine von ihnen wusste, wie hart der Winter werden konnte, da waren zusätzliche Vorräte eine willkommene Beute.
Über Nacht schneite es in dicken Flocken. Den Park bedeckte eine dicke Decke aus Schnee.
Die Mäuse blieben endgültig in ihren Löchern und schliefen sich aus. Die Vögel rückten dichter an das Futterhaus heran, damit die Strecke, die sie dorthin fliegen mussten, nicht so viel Kraft kostete. Neuer Schnee fiel in den nächsten Tagen. Die Tanne in ihrem Ständer sah aus wie eine spitze weiße Pyramide.

Eines Morgens war sie verschwunden. Was nun hatte das wieder zu bedeuten? Ohne die Tanne sah alles viel vertrauter aus. Die Vögel waren nicht lange mehr interessiert, sie warteten auf ihr Futter.
Am nächsten Tag taute es gewaltig, ein warmer Wind ließ den Schnee schnell verschwinden.
Die Mäuse wagten sich gegen Abend aus ihren warmen Wohnungen, um zu sehen, was die Vögel ihnen an Körnern fallen gelassen hatten. Wie staunten sie, als sie plötzlich unbekannte Töne hörten. Die kamen aus dem Speisesaal. Als die Mäuse ihre Blicke dorthin wendeten, sahen sie durch die Fenster im hell erleuchteten Raum den Tannenbaum. Er war von Schnee frei, hatte aber ein buntes Gewand an. Es blitzten Lichter in den Zweigen. Die Menschen saßen um ihn herum und öffneten ihre Münder weit. Sie machten die unbekannten Töne. Sie sangen.

Bastelstunden

Frau Stenzel stellte einen großen, prall gefüllten Jutesack neben die Tür zum Werkraum. Sie schloss die Tür auf. Wir Kinder der 4b verteilten uns an die gewohnten Plätze. Frau Stenzel holte den Sack herein und sah in die Runde. "Erinnert ihr euch noch?", fragte sie und blickte in unsere neugierigen Gesichter.
Ratlos schauten wir Jungen und Mädchen sie an. Marcel sagte plötzlich:
"Wir haben doch auf dem Wandertag im Frühling Stöcke gesammelt! Sind die da drin?"
"Ja, sie sind gut durchgetrocknet und geeignet für das, was wir heute und in den nächsten Werkstunden daraus machen wollen."
"Was denn?", riefen Helga und Michaela durcheinander. Frau Stenzel lachte:
"Ja, das möchtet ihr wohl wissen?"
"Wir sollten doch Laubsägearbeiten machen...", erinnerte Renate energisch.
"Das kommt auch noch dran. Mir ist aber eingefallen, dass es Zeit wird, etwas für eure Eltern zu Weihnachten zu basteln. Da kamen mir die Stöcke wieder ins Gedächtnis und meine wundervolle Idee."
Unsere fragenden Blicke durchlöcherten unsere Lehrerin fast.
"Was kann man denn...", fing Klaus an, aber sie redete schon weiter:
"Wir wollen eine Weihnachtskrippe bauen, den Stall von Bethlehem, in dem das Jesuskind geboren wurde."
"Ich darf nichts basteln, was mit Jesus zu tun hat, das wissen Sie doch." Mustafa hob angriffslustig das Kinn.
"Ja, Mustafa, daran habe ich gedacht. Ihr baut alle einen Stall. Die meisten unter euch den von Weihnachten. Du und Fatima

könnt ja einen ganz gewöhnlichen Schafstall basteln. Der wird sich vermutlich nicht von den anderen Ställen unterscheiden. Stall ist schließlich Stall."
Mustafa schien beruhigt. Fatima grinste. Insgeheim fand sie die Geschichten vom Jesuskind wunderschön, das hatte sie mir neulich verraten. Ich durfte es niemandem weiter sagen.

"Wie sollen wir aus Stöcken einen Stall bauen?"
"Das muss jeder selber sehen. Ich zeige euch nur, wie man die verschiedenen Hölzer zu einer Wand oder einem Dach zusammen fügen kann. Da gibt es einen Kleber, der speziell Holz zusammenhält. Es gibt Hammer und Nägel. Eine dritte Art wäre, die Holzstücke mit dünnem Bindfaden miteinander zu verflechten."
"Das habe ich schon mal an einem Wasser gesehen, da war ein Zaun mit Drahtseilen zusammengehalten." Beate reckte stolz ihren Kopf in die Höhe und sah sich Beifall heischend um. Musste sie immer gleich angeben?
"Fein, dann kannst du uns zeigen, wie das damals aussah und worauf ihr achten müsst", sagte Frau Stenzel, "erklär uns das mal."
"Ich glaube, der Zaun war mit zwei Drähten geflochten, sie kreuzten sich hinter jeder Latte", erklärte Beate, "mein Papa hat es mit mir untersucht."
"So geht es vermutlich leicht. Das hast du gut erklärt."
"Aber wie...", fing Mustafa an. Unsere Lehrerin stoppte seine Frage.
"Jetzt noch einige Tipps: am besten sägt ihr die Hölzer in eine Länge für eine Wand. Als Unterlage für den Stall habe ich euch von Herrn Krogers Klasse aus Sperrholzabfällen Grundplatten sägen lassen. Daran könnt ihr Maß für die Wände nehmen."
"Können wir jetzt anfangen? Ich hab schon eine prima Idee", schrie Thorsten ungeduldig wie immer. Frau Stenzel nickte

mit dem Kopf, ließ uns eine Bodenplatte aussuchen. Sie schloss die Werkzeugschränke auf und holte die Stöcke aus dem Sack.
"Sucht euch aus, was ihr braucht. Und denkt daran, dass wir noch mehr Stunden haben, um die Ställe zu bauen. Keiner muss hetzen und dabei pfuschen."
Claudia lachte laut, als sie den Standardsatz unserer Lehrerin hörte.
Eifrig sägten wir gleichmäßig lange Stäbe. Die legten wir aneinander, um zu sehen, wie viele wir für eine Wand brauchten. Wie aber sollte es weitergehen?
Claudia, die etwas ungeschickt war, griff zum Kleber. Sie wollte gerade die überall eingestrichenen Hölzchen auf dem Tisch zusammenschieben, da rief Klaus schon:
"Bist du verrückt? Mensch, die Wand kriegst du doch nie vom Tisch, die klebt gleich auf dem Tisch fest!"
Frau Stenzel eilte zu Hilfe. "Claudia, denk doch nach! Kind, du kannst doch nicht die Hölzchen ringsum mit Leim bestreichen. Nur an den Seiten, an denen sie zusammenhalten sollen. Eigentlich müsstest du wissen, dass man Papier unterlegt, damit die Tische einigermaßen sauber bleiben."
Claudia wischte mit einem Papierhandtuch, das sie vom Bord neben dem Waschbecken nahm, die Hölzer und den Tisch ab. Zum Glück war der Leim nicht so schnell getrocknet.
Marcel versuchte es mit Hammer und Nägeln, scheiterte aber kläglich, weil die Ästchen nicht gleichmäßig aneinander passten. Da kam er auf die Idee, ein Holzstück als Querbalken auf die Reihe der Wandstücke zu nageln. Da die Wand immer noch wackelig war, nahm er einen zweiten Querbalken. Als wir sahen, wie gut das funktionierte, machten es ihm einige nach.
Nur Beate und ich probierten die Konstruktion mit dem Bindfaden. Nach mehreren Versuchen kamen wir auf den Trick: wir mussten oben und unten gleichzeitig die Fäden zwischen

die Stöckchen fädeln, dann ging es ganz schnell. Claudia, die immer noch mit dem Kleber nicht zurande kam, machte es uns schließlich nach.

So stellten wir in den ersten zwei Werkstunden die drei Wände her.

In den nächsten Werkstunden kamen die Dächer dran. Wir suchten nach geeignetem Material. Einige von uns bastelten die Dächer auf die gleiche Weise wie die Wände. In einem der Materialschränke fanden wir Strohalme. Auf ein Stück Pappe geklebt, waren sie perfekt. Wir verbanden die Wände miteinander, befestigten die Dächer. Die Ställe sahen jetzt richtig echt aus.

Es wurde langsam Zeit, es war nur eine Woche bis zu den Weihnachtsferien übrig. Frau Stenzel opferte eine weitere Deutschstunde. Aus weißen und braunen Pfeifenreinigern bogen wir Schafe und aus schwarzen Hunde.

"Und Maria und Josef? Wie sollen wir die machen?", wollte Jasmin wissen.

"Da müsst ihr euch selber bemühen zu Hause. Vielleicht könnt ihr sie malen und ausschneiden, aus Zahnstochern basteln und mit Stoff bekleben. Manche haben sicher Knete im Haus."

"Ich weiß was besseres", frohlockte Mustafa, "ihr könnt Figuren von Playmobil nehmen. Ich mache Hirten draus."

"Gute Idee", meinte Marcel, "ich beklebe meine mit Stoff, ich spiele ja schon längst nicht mehr mit den ollen Dingern."

"Au ja, das versuche ich gleich heute", meldete sich die sonst so schüchterne Regina. "Ich bringe sie dann morgen mit."

Kellerarbeit

Im Keller war es ziemlich dunkel, nur die kleine Luke ließ etwas Dämmerlicht herein. Es roch unangenehm nach verfaulenden Äpfeln. Die hatte sie total vergessen! Nun schaltete sie doch die schwache Birne an, viel heller wurde es nicht.
Monika stieg wieder die Treppe hoch und holte aus der Küche eine Plastiktüte vom Supermarkt. In die stopfte sie mit spitzen Fingern alle Äpfel hinein, ohne zu prüfen, ob nicht einige noch zu Apfelmus gekocht werden konnten. Dazu war nun wirklich keine Zeit. Sie tastete sich an die Werkzeugkiste heran und fühlte nach dem Hammer.
Mit Plastiktüte und Hammer ging sie wieder nach oben.

„Jan!", rief sie. Nichts rührte sich. „Jan!", rief sie lauter, aber ohne Erfolg.
„Karin!", rief sie nun.
„Was i-h-ist?", kam es gedehnt aus dem Kinderzimmer.
„Kannst du die Mülltüte mal eben nach draußen bringen, bitte?"
„Warum kann Jan das nicht tun! Immer ich!!!!"
„Bitte, Karin, dieses eine Mal, das schadet dir doch nichts. Du kannst dann auch gleich noch an den Briefkasten gehen. Vielleicht ist ja ein Brief für dich dabei."
Mit ziemlichem Gepolter kam Karin die Treppe herunter. Mürrisch fasste sie die Mülltüte. „Igitt, das riecht nicht gut", gab sie ihren Kommentar ab.
Ihre Mutter lachte: „Deshalb soll der Kram ja in den Müll! Danke, dass du das erledigst. Wir können dann gleich anfangen, die Plätzchen zu backen."
„Plätzchen backen – nee, dazu hab ich nun wirklich keine Lust. Ich will doch noch mit Christine chatten. Können wir die Kekse nicht kaufen – gibt doch überall welche."

Monika sagte nichts dazu. Sie war enttäuscht. Es wollte so gar keine weihnachtliche Stimmung wie früher aufkommen. Lag das daran, dass die Kinder Computer geschenkt bekommen hatten im Sommer?
Als Karin von draußen wieder hereinkam, knallte sie die Post auf den Küchentisch.
Es war das Übliche: Hochglanzkataloge, die Rechnung der Stromgesellschaft und ein Brief irgendeiner Hilfsorganisation, die um eine Spende bat. Karin hielt noch einen Brief in der Hand. „Der ist an mich", sagte sie und verschwand die Treppe hinauf. Dieses Mal polterte sie nicht, sie schlich eher langsam und zögernd. Monika wunderte sich, aber ihre Tochter öffnete wahrscheinlich den Umschlag schon im Hinaufgehen.

Jan kam von irgendwoher nach Hause. In der Küche nickte er nur kurz und fragte sogleich: „Ist Post für mich da?"
„Ich glaube nicht. Aber da musst du Karin fragen. Sie hat die Post reingeholt und einen Brief mit nach oben genommen."
Auch Jan schlich mehr als er ging die Treppe hoch. Monika wunderte sich nun aber doch. Was ging da vor? Die Kinder hatten offenbar ein Geheimnis. Vor Weihnachten aber war das vielleicht nicht ganz ungewöhnlich. Aber was hatte das mit der Post zu tun?
Jan klopfte an Karins Zimmer. Sie hatte sich ausbedungen, dass er nicht immer wie früher einfach in ihr Zimmer stürzte. Auch er hatte im Gegenzug von ihr verlangt zu klopfen. Beide hielten sich streng an ihre Regel, denn Schlüssel hatten sie nicht für ihre Zimmer. Dafür hatte ihre Mutter gesorgt. Schließlich wollte sie ab und zu dort saubermachen. Das hatten die Kinder eingesehen. So brauchten sie es oft nicht selbst zu tun – wie angenehm!
Karin kam ihm schon an der Tür entgegen und hielt den Brief in der Hand.
„Ist es sehr schlimm?", fragte Jan im Flüsterton.

„Viel schlimmer als befürchtet", antwortete ihm seine Schwester, „was sollen wir bloß machen?"
„Wie viel ist es denn?", wollte Jan wissen.
„Beinahe hundert Euro. Wo sollen wir die denn hernehmen? Und bis zum 20. Dezember müssen sie bezahlt werden!" Karin machte ein ängstliches Gesicht.
„Da können wir uns nicht einmal auf das Geld von Oma und Opa verlassen! Das bekommen wir doch erst zu Weihnachten. Und wer weiß, wie viel es dieses Jahr sein wird. Unsere Zeugnisse waren nicht die besten", gab Jan zu bedenken.
„Und außerdem haben wir uns gar nicht um Oma und Opa gekümmert. Mama hat sehr mit uns geschimpft, dass wir ihre Geburtstage vergessen hatten", fügte Karin hinzu.
Auf Karins Bett, das wie üblich nicht gemacht war, ließen sie sich nieder. Beide starrten trübsinnig auf den Boden.
„Hast du nicht eine Idee?", fragte Karin schließlich mutlos.
„Nee, noch nicht. Die kommt mir vielleicht heute Nacht."
„Tolle Aussicht. Da werde ich die ganze Nacht nicht schlafen können!", seufzte Karin.

Zum Abendbrot kamen die Geschwister nach unten. Monika bemerkte, wie bedrückt sie aussahen. Sie rührten auch ihr Essen nicht richtig an, sondern stocherten lustlos darin herum. Dabei gab es Birnen, Bohnen und Speck!
„Kann ich euch helfen?", fragte Monika nach einem ungemütlichen Schweigen.
„Nein, - alles in Ordnung", entgegnete Jan lahm. Sein Gesicht sprach Bände: vor Sorge hatte er eine Falte auf der Stirn und sah seine Mutter nicht an. Sie ließ die Kinder in Ruhe mit Fragen. Sie würden sich ihr schon anvertrauen, wenn es wirklich ernste Probleme gab. Bisher jedenfalls hatten sie es immer getan, wenn auch nicht auf ihr Drängen hin, sondern immer im letzten Moment.

„Womit kann man mit 15 Jahren vor Weihnachten Geld verdienen?", fragte Jan am nächsten Morgen scheinbar beiläufig. Aha, daher wehte der Wind. Die Kinder brauchten für irgendetwas Geld, vielleicht viel mehr als ihr Taschengeld hergab, falls sie es überhaupt gespart hatten.
„Ihr könntet bei mir Geld verdienen", schlug sie vor. „Der Keller muss gründlich entrümpelt und gesäubert werden. Ich zahle jedem von euch einen Stundenlohn von 6 Euro. Ihr dürft aber nicht trödeln. Das merke ich sofort. Habt ihr dazu eine Meinung?"
„Wo gibt es sonst noch Arbeit?", fragte Karin nun.
„Mir fällt nur Koffertragen auf dem Bahnhof ein" sagte Monika. „Aber da könnt ihr euch auf keinen Stundenlohn verlassen. Die Leute geben euch ein Trinkgeld. Meistens ist es sicherlich wenig."
„Musik in der Einkaufszone!", rief Jan plötzlich. „Du kannst doch gut Flöte spielen, Karin."
„Auch da gibt es nur wenig, selbst wenn viele Leute eine kleine Münze spenden", gab Monika zu bedenken. „Außerdem ist es kalt, regnet vielleicht oder schneit. Da seid Ihr im Keller besser aufgehoben und habt ein überschaubares ‚Einkommen'."

So kam es, dass Jan und Karin nach der Schule, wenn auch nicht gern, anfingen den Keller aufzuräumen. Monika hatte ihnen zusätzliche Lampen hingestellt, denn zum Glück war im Keller eine Steckdose. Kartons hatten sich die Kinder im Supermarkt geholt. Jetzt waren sie dabei, die überall abgestellten Blumentöpfe zu sortieren. Die Gläser und Dosen mit Lebensmittel hatten sie schon gestern in ein Bord, das Monika ihnen angewiesen hatte, gestellt, fein sortiert nach Saurem und Süßem.
Karin stöhnte: „Blöde Arbeit, ich könnte jetzt so gut mit Christine chatten!"

„Und ich könnte das neue Internetspiel spielen. Das ist ganz toll, da muss man die Feinde richtig abschlachten."
„Du mit dem Spiel! Das hat uns doch alles eingebrockt! Erst hast du dir ein Spiel gekauft, dann hast du mich überredet, den tollen Film über die Monster zu bestellen." Beide schwiegen in Gedanken versunken.
Dann arbeiteten sie weiter, sie durften ja nicht trödeln, um ihren Lohn zu bekommen.

Vier Tage arbeiteten sie nun schon im Keller. Ab und zu schaute ihre Mutter hinein, um sich vom Fortgang der Arbeit ein Bild zu machen und ihnen Ratschläge zu geben, wohin sie bestimmte Sachen packen konnten und was in den Müll sollte.
Jetzt waren sie bei Kartons angelangt, in denen alte Bücher verpackt waren. Monika hatte ihnen gesagt, sie könnten sich die nehmen, die ihnen interessant vorkämen, der Rest könnte in den Papiercontainer am Supermarkt.
Die Bücher rochen muffig und fühlten sich ein wenig feucht an. Meistens waren es Taschenbücher. Wenn ihre Mutter sie schon nicht lesen wollte, dann waren sie wohl erst recht nichts für sie. Mutter hatte oft so altmodische Ansichten. Also weg damit.
Im zweiten Karton stießen sie auf ein sichtlich altes Buch mit ledernem Einband und Goldschrift. Zuerst dachten sie, es wäre eine Bibel, aber der Titel verriet ihnen, dass es ein altes Geschichtsbuch sein musste. „Römische Geschichte" stand darauf.
„Hatten die Römer nicht was mit Gladiatoren zu tun?", fragte Jan.
„Ich glaube ja", antwortete Karin, „neulich habe ich im Fernsehen eine Sendung gefunden, die über Gladiatoren berichtet hat. Langweiliger Kram."

„Nein, im Gegenteil! Gladiatoren kommen in meinem Internetspiel vor. Sie kämpfen mit tollen Waffen wie Netzen und Speeren, ganz anders als die modernen mit ihren Maschinengewehren. Das war noch echter Kampf, Mann gegen Mann", schwärmte Jan. „Das Buch behalte ich." Er legte es zur Seite.
„Hier ist noch ein altes Buch. ‚Poesieverse'. Was das wohl ist?" Karin war neugierig, denn den Buchdeckel aus dicker Pappe verzierten Bilder von Blumen und goldene Schrift. „Sieht toll aus, das nehme ich jedenfalls mit nach oben. Wegschmeißen kann ich es immer noch."
Bei einer ungeschickten Bewegung stieß Karin das Buch auf den Boden. Da fiel etwas heraus. Zuerst dachte Karin, dass es ein Zettel war. Beim näheren Hinsehen entpuppte sich der vermeintliche Zettel als ein Hundertmarkschein. Geld, das nicht mehr galt. Oder vielleicht doch noch umgetauscht werden konnte?

Jan war neidisch. Solch einen Fund wollte er auch machen. All die Bücher, die sie wegwerfen wollten, nahm er noch einmal zur Hand, schüttelte sie aus. Vergebens. Auch die Bücher, die sie im Anschluss untersuchten, brachten keinen Schatz mehr zum Vorschein. Ärgerlich wurden sie alle zum Stapel der Bücher gelegt, die in den Müll sollten.
Am Abendbrottisch zeigte Karin ihren Fund. „Kann man das noch eintauschen?", fragte sie begierig.
„Ich denke schon. Die Landesbank in der Innenstadt ist, glaube ich, dazu verpflichtet. Viele Menschen finden noch die alte Währung in versteckten Winkeln. Ich glaube, man kann das Geld noch viele Jahre eintauschen. Soll ich es bei der Bank versuchen?"
„Ja. Wie viele Euro kann man denn dafür bekommen?"
„Etwa 50. Der Kurs ist für alle Zeiten festgelegt."
„Fünfzig Euro? Juhu!!", rief Karin. Jan sagte nichts, machte aber ein zufriedenes Gesicht. Sie hatten sich versprochen,

ihre Schulden gemeinsam zu tilgen. Die Kelleraktion war fast zu Ende. Beide Kinder hatten keine Lust mehr.

Sie hatten sich ausgerechnet, dass sie genug Geld zusammen hatten.

Trotzdem machten sie weiter, es konnte ja nichts schaden, etwas mehr Geld zu haben. Schließlich waren sie ja an der Arbeit nicht gestorben!

Sie baten ihre Mutter, ihnen das bisher verdiente Geld schon jetzt zu geben. Die machte ein skeptisches Gesicht. Beide Kinder versprachen ihr hoch und heilig, dass sie die Arbeit im Keller richtig zu Ende bringen würden. Monika gab ihnen das Geld.

Am selben Tag noch bezahlten sie ihre Schulden im Geschäft.

„In vier Tagen ist Heiligabend", stellte Karin fest, als sie den Laden verließen. Sie hatten noch etwa zwanzig Euro übrig.

„O je, wir haben noch kein Geschenk für Mutter", fiel es Jan ein. „Sie hat zu uns gehalten und hat uns einen Job gegeben. Dafür muss sie ein richtiges Geschenk bekommen, nicht nur ein gebasteltes wie all die vorigen Jahre."

„Zum Basteln ist ja auch kaum noch Zeit. Mir fällt auch nichts ein", stellte Karin fest.

„Also müssen wir eins kaufen. Aber ein richtiges für Erwachsene!"

Auf dem Heimweg kamen sie an verschiedenen Geschäften vorbei. Am liebsten hätten sie ihrer Mutter ein schönes T-shirt gekauft oder ein flotte Bluse. Leider wussten sie die Größe nicht. Bei einem Chinaladen hielten sie an. Verlockend war das Angebot eines Teeservices in Blau und Gold. Sie verhandelten mit dem Verkäufer und erstanden vier Tassen mit Untertassen und einen Beutel Jasmintee. Dafür reichte das Geld gerade. Sie ließen alles hübsch und sicher verpacken.

Zu Hause versteckten sie das Paket im Keller hinter den Gemüsegläsern. Dort würde ihre Mutter nicht noch einmal nachsehen.

Zwei Tage noch arbeiteten die Kinder im Keller. Dann sah er mustergültig aus. Der muffige Geruch war verschwunden. Viel Platz war geschaffen für all die Dinge, die in Zukunft dort landen würden. Die Schachtel mit dem Weihnachtsschmuck nahmen sie mit nach oben. Willig halfen sie ihrer Mutter, den Weihnachtsbaum zu schmücken. Endlich kam auch bei ihnen so etwas wie Weihnachtsstimmung auf. An ihre Computer waren sie die letzte Zeit nur selten gekommen. Seltsam, sie vermissten sie gar nicht so sehr.

Das Weihnachtskonzert

Svenja war sauer. Gerade hatte die Klavierlehrerin das Haus verlassen, da war Mutti gekommen und hatte bestimmt, dass es nun Zeit sei, Weihnachtslieder einzuüben. Oma und Opa wollten zum Fest kommen. Denen sollte sie etwas vorspielen. Mussten es unbedingt Weihnachtslieder sein? Sie hatte gerade angefangen, sich auf flotte Tanzmusik einzustellen. Klassische Stücke mochte sie partout nicht. Deshalb hatte sie nur selten geübt. Frau Günther hatte ihr daraufhin erlaubt, moderne Stücke aus Film und Musical zu spielen. Sie musste aber fest versprechen, mehr zu üben.
Am liebsten hätte Svenja überhaupt nicht Klavier lernen wollen, sondern Trompete, aber das fand ihre Mutter zu dumm. Welches Mädchen spielte schon Trompete!

Was sollte sie nun tun? Ihr musste etwas einfallen!
In der Schule beriet sie sich mit Hajo, der Schlagzeuger in der Schulband war.
„Hajo, ich soll Weihnachtslieder üben!"
„Ja und? Klingen auf dem Klavier doch ganz nett", gab Hajo zur Antwort.
„Aber die haben keinen Beat und klingen einfach zu langweilig", klagte Svenja. „Ich hab gerade mit flotter Musik angefangen, weil ich klassische Stücke nicht ausstehen kann!"
„Wer sagt denn, dass Weihnachtslieder nicht flott und ein wenig schräg sein können! Lass uns mal überlegen, welche Lieder es gibt, Svenja."
In der Mathestunde passte Svenja nicht auf, sondern schrieb unter dem Tisch eine Liste mit den Weihnachtsliedern, die sie kannte. In der nächsten Pause hielt sie die Sammlung Hajo unter die Nase.

„Die kenn ich zum Teil gar nicht", bekannte er, „aber lass mal sehen."
Er summte die Melodien der Lieder, die er kannte vor sich hin.
„Hier: ‚Morgen kommt der Weihnachtsmann' klingt schon ohne Beat ganz schön flott. Und hier: ‚Es ist für uns eine Zeit angekommen', da juckt es mir sozusagen in den Fingern. Bring mir morgen die Noten mit, dann will ich zu Hause den Rhythmus verändern und einen echten Hit daraus machen. Du übst inzwischen die Melodie der Lieder so lange, bis du sie auswendig spielen kannst."
Svenja war sehr dankbar und tat, was Hajo ihr geraten hatte. Ihre Mutter freute sich über den Eifer ihrer Tochter. Nun hatte Svenja offenbar richtig Gefallen am Klavierspielen gefunden. Das gäbe eine schöne Überraschung.

Hajo und Svenja trafen sich zweimal in der Woche in einem alten Kinosaal, der für Jugendliche zum Freizeitaufenthalt freigegeben war. Dort stand ein uraltes, etwas verstimmtes Klavier. Hajo hatte die Noten kopiert und den Rhythmus verändert. Er hatte zwar nicht sein Schlagzeug mitgebracht, aber immerhin eine Art Trommel, auf der er zuerst den Beat vorgab. Svenja probierte mit den Fingern ihrer linken Hand verschiedene Griffe. Sie fand zum Schluss Akkorde, die zu der jeweiligen Melodie passten. Danach erst durfte sie die Melodie mit der rechten Hand dazu spielen, streng nach Hajos Regeln.

Die anderen Jugendlichen, die sich in diesem Saal zu Tischfußball, Billard und Tischtennis zusammengefunden hatten, nahmen zunächst keine Notiz von den beiden Musikern. Als sie erkannten, dass etwas gespielt wurde, das ihnen zwar bekannt vorkam, aber doch nicht bekannt, horchten sie auf. Weihnachtslieder? Hier? Wie altmodisch!

Aber nein, sie klangen frisch und flott. Einige fingen an, mitzusingen und sich im neuen Takt zu wiegen. „Cool!", waren sie sich einig.
„Warum übt ihr hier?", fragte Sigi, ein Junge aus der fünften Klasse.
„Weil ich zu Hause meine Mutter nicht ärgern will", antwortete Svenja, „die glaubt, ich übe die ollen Kamellen für meine Großeltern. Die werden sich alle wundern!"
„Cool", sagte Sigi. „Ich soll auf der Flöte meinen Eltern etwas vorspielen, habe aber keinen Bock auf die Lieder."
„Mach mit", schlug Hajo vor. „Du musst aber dieselben Lieder üben wie wir."
„Klar. Ich fange gleich heute noch an."

„Von nun an übten sie abwechselnd mit Hajo. Zuerst kam Svenja an die Reihe, denn sie hatte es schon besser drauf. Dann flötete Sigi munter drauflos. Er war ein kleines Genie und lernte im Handumdrehen. Er brachte selbst noch zwei weitere Lieder in die neue Form. Diese übte Svenja zusätzlich. Sie hatten viel Spaß miteinander und mit den andren, wenn sie sich zur Abwechslung an deren Spielen beteiligten.

Am Weihnachtsabend, als Oma und Opa, Mutter und Vater und Svenja ihre Geschenke ausgepackt und gewürdigt hatten, verkündete die Mutter, dass Svenja sie alle mit ein paar Weihnachtsliedern am Klavier überraschen wollte.
Svenja setzte sich in Positur und begann. Zunächst spielte sie die Melodie von ‚Morgen kommt der Weihnachtsmann' brav nach den traditionellen Noten, dann aber legte sie so richtig los. In Gedanken stellte sie sich Hajos Trommel als Begleitung vor, damit sie nicht aus dem Konzept kam. Oma und Opa und ihre Eltern hielten den Atem an. Ihre Mutter wollte etwas Tadelndes sagen, aber der Vater legte ihr die Hand auf das Knie und schüttelte den Kopf.

Als Svenja fertig war mit ihrer Darbietung, klatschten Oma und Opa etwas befremdet Beifall. Mutter runzelte die Stirn, aber ihr Vater kam auf sie zu, nahm sie in den Arm und sagte laut und vernehmlich: „Ein solch flottes Weihnachtskonzert bringen die nicht mal im Fernsehen zustande."

Nudelauflauf

Karoline saß auf der Liege am Strand und ließ sich von der Sonne den nassen Bikini trocknen. Viel Stoff war es ja nicht, der war im Nu trocken.
Unter ihrem Strohhut hervor sah sie auf das glitzernde Meer. In der Ferne zogen Segelboote vorüber. Waren Ferien doch schön!
Sie hatte kurzentschlossen das Last Minute Angebot auf die Insel gebucht und bereute es nicht. Der ständige Sonnenschein war auf jeden Fall der Kälte im Norden vorzuziehen. Und was hatte sie schon zu versäumen in der Heimat, nachdem ihr Projekt vorzeitig fertiggestellt war und ihr Chef ihr überraschend drei Wochen Urlaub ‚verordnet' hatte.
Alles in der Urbanisation war ruhig, freundlich, das Appartement sauber und gerade geräumig genug. Die weißen Häuschen, verstreut im Gelände, erweckten den Anschein von Naturnähe und ließen vergessen, wie viele Menschen hier normalerweise unterkommen konnten. Um diese Zeit - knapp vor Weihnachten - waren bei weitem nicht alle Appartements vermietet.
Kurz vor Weihnachten! Karoline schreckte aus ihrer wohligen Stimmung auf. Wie lange war es noch bis dahin? Sie rechnete nach: eineinhalb Wochen war sie wohl schon hier. Genau konnte sie das erst in ihrem Zimmer herausbekommen, dort hatte sie einen Kalender und einen Fernseher, den sie nur am ersten Tag bedient hatte. Nur nicht in Panik verfallen, erst noch die Sonne ausnutzen!

Abends vor dem Fernseher stellte Karoline fest, dass es schon der 20. Dezember war. Am 24. ging der Flug zurück. Zum ersten Mal fragte sie sich, was sie dazu bewogen haben konnte, eine Reise zu machen, die sie erst am Heiligabend in ihr Zuhause zurückbrachte.

Jetzt kam sie doch noch in Panik. Nichts war eingekauft für die Feiertage! Das Nötigste konnte sie sicherlich noch am Flughafen oder in einer Tankstelle besorgen. Sie hatte keinerlei Geschenke für ihre Tochter, falls sie doch zum Fest kam. Nun gut, sie konnte notfalls einen Gutschein schreiben. Aber sie konnte morgen auch noch mit dem Bus in die Hauptstadt der Insel fahren und dort etwas Landestypisches suchen. Zu Hause hatte sie keinen Baum oder sonstigen Schmuck für das Wohnzimmer. Eine SMS an ihre Tochter zu schreiben, war sinnlos. Claudia hatte auf keine geantwortet. Sie war bestimmt mit ihrem Freud so beschäftigt, dass sie für nichts anderes einen Gedanken hatte. Es war ihr ja zu gönnen! Jugendliches Verliebtsein ist eben etwas so Schönes, dass man alles verzeihen muss.

Kein Faulenzen am Strand heute! In der Stadt, in der sie noch gar nicht gewesen war, machte sich Karoline einen richtig angenehmen Tag. Sie bummelte durch die Straßen, schaute in die berühmte Kirche, aß gut zu Mittag im Garten eines versteckten Restaurants und fand zum Schluss sogar in einer Töpferei allerlei hübsche Teller und Schüsseln, die sie verschenken oder vielleicht lieber selbst behalten konnte.
In einer Seitenstraße entdeckte sie ein Geschäft mit Weihnachtsartikeln, das von einem Deutschen geführt wurde.
„Sie haben wohl nicht an Weihnachtsschmuck für Ihr Appartement gedacht?"
„Nein", antwortete Karoline. Er brauchte ja nicht zu wissen, dass sie nicht an Weihnachten zu Hause gedacht hatte.
„Wie wäre es mit einer künstlichen Tanne? Ich habe sie in allen Größen, gleich schon mit einer Lichterkette dabei."

„Nein!", rief Karoline entsetzt, „eine Plastiktanne kommt mir nie ins Haus – und wenn ich hundert Jahre alt werde! - Ich schau mich einfach mal um."
„Bitte gern, die Dame!"

Zwischen den Borden mit Weihnachtsschmuck für den Tannenbaum, Kerzen in Gläsern, goldenen Kunstblumen und dergleichen Dingen stand ein Tisch, auf dem Artikel aus Holz aufgebaut waren: Elche mit einem Schal um den Hals, Wichtelmänner mit Stoffbeinen, Engel mit Trompeten, die an die Lampe oder sonst wohin gehängt werden konnten, standen, hingen oder saßen um einen hölzernen Baum, der seinerseits mit Glasfigürchen behängt war. Der Baum war kahl, bestand aus einem dickeren Rundholz als Stamm und verschieden langen hölzernen Stangen als Äste. Die konnte man sogar herausnehmen, um ihn besser verpacken zu können. Den Baum kaufte Karoline. Ohne die Glasfiguren. Zu Hause konnte sie Buchsbaum an den Zweigen befestigen oder Efeu herumwinden. Beides wuchs in ihrem kleinen Vorgarten.
Zufrieden kehrte sie in ihr Feriendomizil zurück.
Die letzten beiden Tage ihres Inselaufenthaltes verbrachte Karoline wieder am Strand in gewohnter Weise. Heimlich freute sie sich auf ihr Zuhause. Und uneingestanden auch auf das Weihnachtsfest! Es würde schon irgendwie gelingen und eine gemütliche Zeit werden. Sie hatte ja noch bis zum 2. Januar frei.

Als Karoline ihre Haustür am Heiligabend nachmittags aufschloss, kam Musik von Mozart aus dem Wohnzimmer. Es roch nach frischem Tannengrün und Pfefferkuchen. Claudia stürzte auf sie zu, fiel ihr um den Hals und gab ihr einen Kuss.
„Na, eine schöne Überraschung?", fragte sie.
„Kind, lass mich erst einmal zu Atem kommen und mich wundern!"

Im Wohnzimmer stand ein kleines Tannenbäumchen in einem Blumentopf, geschmückt mit einigen der vertrauten Dinge aus dem Weihnachtskarton. Pfefferkuchen in seltsamen Formen lagen auf einem Teller. Karoline setzte sich noch im Mantel auf einen Sessel und sog das kleine Wunder in sich hinein.

„Wie kommt es…."

„Pst, noch nicht", mahnte Claudia, „erst einmal tief Luft holen, den Mantel ausziehen und die Puschen an!"

Karoline gehorchte. Währenddessen holte Claudia eine verdeckte Schüssel aus der Küche und brachte Teller und Besteck mit.

„Du bist sicher hungrig, Mama, nach dem langen Flug."

Claudia deckte eine Ecke des Wohnzimmertisches und nahm den Deckel von der Schüssel. Ein überbackenes Nudelgericht kam zum Vorschein.

„Außer Nudeln kann ich ja nicht viel kochen. Aber in einem deiner Kochbücher habe ich dann noch ein Rezept mit Käse und Sahne gefunden. Das schien nicht so schwer. Immer Tomatensoße aus der Tüte wollte ich nicht machen."

„Kind, du entwickelst dich! Im Ernst, ich bin sehr froh, ich hatte manchmal Sorge, du würdest nie auch nur das Geringste an Kochkunst lernen wollen. – Wie kommt es…"

„Pst", machte Claudia wieder und legte den Finger an die Lippen. „Nicht so viel auf einmal!"

„Also dann der Reihe nach und aus freien Stücken? Wie früher?", fragte Karoline amüsiert.

„Also: Ich bin hier, weil Tom zu Weihnachten zu seinen Eltern musste. Das sah er jedenfalls als seine Pflicht an. Er meinte außerdem, ich gehörte nun mal zu dir. Da hab ich also den Schlüssel gesucht und bin hierhergekommen. Das Haus war ohne dich so traurig, Mama. Da wollte ich es ein bisschen schön machen. Du hättest ja gar keine Zeit gehabt, noch etwas Weihnachtliches zu zaubern. Und ein Heiligabend ohne

Schmuck und hoffentlich gutes Essen konnte ich mir für dich und mich nicht vorstellen. Wollen wir jetzt den Auflauf probieren?"
„Ja, Kind. Guten Appetit und ein Frohes Weihnachtsfest!"

Wie die Freundschaft begann

Da war es wieder, das kleine schwarze Mädchen mit den abstehenden Zöpfen und den große Kulleraugen. Es stand vor dem Stand mit den Engeln. Emily war das Kind schon an einem anderen Stand aufgefallen, sie hatte es im Gewimmel der Menschen aber wieder aus den Augen verloren. Sein Mund war rot verschmiert. Den Stiel vom Liebesapfel hielt es selbstvergessen in der Hand. Es war allein. Wenigstens sah Emily keine erwachsene Person, die zu dem Kind gehören konnte.
Das Kind drehte sich um und sah Emily voll ins Gesicht. Langsam trat ein breites Grinsen in sein Gesichtchen, bis es strahlte.
„Ich kenn dich", sagte es mit einem Mal.
„Ja?", fragte die Frau verdutzt, „woher denn?"
„Du bist die Frau, die jeden Tag mit dem kleinen Hund an meinem Kindergarten vorbeigeht."
„Der ist aber in einem anderen Stadtteil", wunderte sich Emily. „Wie bist du hierhergekommen? Wo ist deine Mutter?"
„Mama ist bei der Arbeit."
„Und du bist ganz allein hier auf dem Weihnachtsmarkt?"
„Ja. Ein Mann in einem großen Auto hat mich mitgenommen. Er hat mir hier einen ganz roten Apfel geschenkt. Aber dann war er nicht mehr nett zu mir, er wollte, dass ich mit ihm in ein dunkles Haus gehe. Da habe ich mich schnell hinter anderen Leuten versteckt. Er hat mich nicht gefunden." Wieder lächelte das schwarze Mädchen, stolz auf seine Flucht.
„Und nun?", fragte Emily, ohne sich ihr Entsetzen anmerken zu lassen. „Wie willst du wieder nach Hause kommen?"
„Ich weiß nicht." Die Augen des Mädchens veränderten sich und zeigten Angst.

Emily überlegte. Sie konnte das Kind nicht nach Hause bringen, sie war eine Fremde für das Mädchen und die Mutter. Aber die Polizei konnte helfen. Vielleicht war sogar schon eine Vermisstenanzeige eingegangen. Kurz entschlossen griff die zum Handy und rief die bekannte Nummer an. Sie erklärte den Sachverhalt. Die männliche Stimme am Telefon bestätigte ihr, dass die Mutter schon eine Suchmeldung aufgegeben hatte. Er wollte die Kollegen vom Revier verständigen, damit diese die Mutter mitbringen konnten.

Es dauerte nicht lange, bis die Streife mit der Mutter Emily und das Mädchen gefunden hatte. Die Mutter nahm ihr Kind glücklich in die Arme.
„O Mojo, ich bin ja so froh!"
Die Polizisten befragten Emily eingehend, wie es dazu gekommen war, dass sie mit der Kleinen in Kontakt getreten war. Dann wandten sie sich dem Kind zu. Sie ließen sich alles erzählen. Mojo musste ihnen auch den Stand zeigen, an dem der Mann ihr den Liebesapfel gekauft hatte. Die Verkäuferin erinnerte sich und konnte eine Beschreibung des Mannes abgeben. Danach fuhren sie auf die Wache.

Unterwegs fragte die Mutter, wie Emily ihr Kind erkannt hätte.
„Ich habe Mojo noch nie vorher gesehen. Sie aber hat mich angestrahlt und behauptet, sie kenne mich, denn ich ginge immer mit meinem Hund an ihrem Kindergarten vorbei."
„Ach, Sie sind die Frau mit dem Hündchen, von der meine Tochter immer erzählt, weil sie gerne den Hund einmal streicheln wollte."
Beide Frauen entdeckten, dass sie nur eine Straße auseinander wohnten, sich aber noch nie gesehen hatten. Mojo saß zwischen den Frauen und kuschelte sich mal an die Mutter, mal an Emily.

„Ich darf doch deinen Hund mal streicheln?"
„Aber ja, Mojo, du darfst mich am Samstag mit deiner Mutter besuchen. Ich bin Emily. Mein kleiner Hund heißt Wuschel."

Auf der Wache wurde ein Protokoll erstellt und eine Fahndung nach dem Mann herausgegeben. Dann fuhr ein junger Beamter die Frauen und das Kind dahin, wo Emily ihr Auto abgestellt hatte, um auf dem Weihnachtsmarkt zu bummeln. Gemeinsam mit Mojo und ihrer Mutter fuhr sie schnell heim.

So begann eine innige Freundschaft zwischen den Dreien, nein den Vieren, denn Wuschel war immer dabei.

Die Spinne

Sabine hatte Angst in den Keller zu gehen, seitdem das Licht dort nicht mehr brannte. Das hatte so etwas schrecklich Gruseliges! Der Schein, der durch die geöffnete Tür auf die ersten Stufen fiel, zeigte ihr Staub und Spinnenweben. Spinnen waren ihr ein Gräuel!
Und dennoch...
Im Keller bewahrte Papa ihre Weihnachtsgeschenke auf, da war sie sich sicher. Deshalb hatte er wohl die Lampe nicht repariert. Papa war letztes Jahr sehr böse geworden, als er sie beim Schnüffeln auf dem Dachboden erwischt hatte.

Sie musste es wissen!! Sie wollte sich schon jetzt auf das neue Fahrrad freuen können. Sie wollte die Farbe sehen und ob es die Satteltaschen hatte, die sie sich ebenfalls wünschte.
Sabine setzte den Fuß auf die erste Treppenstufe. Ihr Schatten verdunkelte das bisschen Licht noch mehr.
Sie kehrte wieder um und suchte ihre Taschenlampe. In all der Unordnung in ihrem Zimmer fand sie sie schließlich unter dem ungemachten Bett.
Voller Zuversicht ging sie wieder an die Kellertür. Die war geschlossen. Hatte sie die nicht offen gelassen? Mutig packte sie die Klinke und öffnete den Zugang zum Gruselreich. Mit der Taschenlampe, die nur ein sehr schwaches Licht auf die Stufen warf, fühlte sie sich nicht mehr so beklommen.
Im ersten Kellerraum stand ein großer Schrank mit vielen Schubladen. Da brauchte sie nicht hineinzugucken, da passte im Leben kein Fahrrad hinein.
Ansonsten standen da das hohe Schuhbord und ein altes Keyboard.

Im zweiten Kellerraum war Holz aufgestapelt. Der Stapel machte den Eindruck, nicht ganz stabil geschichtet zu sein. Ob Papa darunter…???
Sabine lockerte vorsichtig ein Holzscheit und hielt den Strahl der Lampe in das Loch. Etwas glänzte metallisch. Voller Freude zog sie weitere Hölzer oberhalb aus dem Stapel. Dort glänzte es aber nicht.
Ein Scheit unter dem ersten weggenommenen löste Sabine noch. Es gab ein großes Gepolter, und ein guter Teil des Holzhaufens brach zusammen. Nach dem ersten Schreck richtete Sabine die Taschenlampe auf die freigelegten Hölzer. Welch eine Enttäuschung! Das, was metallisch geglitzert gatte, entpuppte sich als ein Stückchen Alufolie.
Damit Papa nichts merkte, versuchte sie die Scheite irgendwie wieder aufeinander zu stapeln – ein Kunststück bei der schwachen Beleuchtung. Aber Papa konnte ja dann wohl auch nichts sehen und merkte sicherlich erst einmal nichts. Wozu gab es den vermaledeiten Holzstapel überhaupt?

Weitersuchen mochte sie nicht mehr. Sabine nahm die Taschenlampe in die Hand und machte sich auf den Rückweg. Als sie an den Durchgang zum vorderen Kellerraum kam, blieb ihr vor Schreck fast das Herz stehen. Eine riesige Spinne hing im Türrahmen. Stocksteif blieb Sabine stehen. Wie sollte sie an dem Monster vorbeikommen? Im Keller bleiben bei so einem Scheusal konnte sie doch noch weniger!
Millimeter um Millimeter unter großem Herzklopfen näherte sich Sabine dem Durchgang. Die Spinne bewegte sich nicht. Mit großen Augen schien sie Sabine unentwegt anzustarren. Ein großer Schritt, dann wäre sie durch.
Also fasste sie all ihren Mut zusammen und raste los. Sie streifte die Spinne nicht einmal. Aus sicherer Entfernung schaute sie sich um. Die Spinne hing wie vorher an ihrem Faden. Der Faden schaukelte etwas.

Ober angekommen verkroch Sabine sich in ihr Bett und zog die Decke über den Kopf.

Papa erzählter sie nichts, obwohl er sie manchmal seltsam prüfend ansah, als ob er ihr Geheimnis entdeckt hatte.

Am Heiligabend war es endlich so weit. Sabine konnte die Geschenke unter dem Weihnachtsbaum auspacken. Es gab dieses Mal ungewöhnlich viele Geschenke in seltsam geformten Paketen. Das erste, was sie auspackte, war eine Fahrradlampe. Es folgten Räder, ein Sattel, Fahrradtaschen. Als sie alle größeren Pakete ausgewickelt hatte, ergab ihr Inhalt ein komplettes Fahrrad, das nur zusammengebaut werden musste.

Als letztes blieb ein kleines Päckchen übrig. Vorsichtig packte Sabine auch dieses aus. In einer rosa Schachtel lag etwas in Watte Verpacktes. Als sie die obere Schicht Watte abnahm, starrte ihr eine große Gummispinne an einem Zwirnsfaden entgegen.

„Endlich einmal habe ich dich überlistet", sagte ihr Vater gutmütig und nahm sie in den Arm, „frohe Weihnachten".

Das Weihnachtsmannkostüm

„Zu Weihnachten solltest du...", fing Erich an.
„Wie kommst du darauf, dass ich zu Weihnachten..."
„Du bist ihre Tochter!", unterbrach er sie wirsch.
Ach so, um das leidige Thema ging es wieder. Sie war erleichtert, tat aber beleidigt.
"Ja, ja, ich weiß schon, du willst nicht zu ihr."
„Wenn du so um sie besorgt bist, warum fährst d u nicht mal hin? Sie würde sich freuen", meinte Sieglinde so mürrisch wie möglich.
„Ach, du weißt doch...", fing er lahm an.
„Ja, ja, ich weiß. Du darfst die Mitternachtsmesse in unserer Kirche nicht versäumen, weil du denkst, dass außer dem Chor nur du in der Gemeinde richtig singen könntest. Warum willst du nicht mal der Gemeinde in D... zu Hilfe eilen mit deiner reinen Stimme? Die Leute würden sich unsagbar freuen und sich alle bewundernd zu dir umsehen."
Dieser Gedanke war ihm noch nie gekommen. Wäre das wirklich nicht eine Gelegenheit... überlegte er.
„Lass mich darüber nachdenken bis morgen."
Sieglinde wandte sich ab, damit er ihre heimliche Genugtuung nicht sah.

„Gut", verkündete Erich am Frühstückstisch, „ich werde diesmal zu deiner Mutter fahren. Aber ich werde im Hotel wohnen, nicht in ihrer muffigen Bude."
„Tu das", ermunterte sie ihn. „Soll ich dir ein Zimmer buchen im Internet?"
Das ließ Erich sich nicht zweimal sagen, mit dem Computer konnte er nicht so gut umgehen.
Sieglinde setzte sich nach dem Mittagessen an den Computer. Sie klickte sich durch alle Hotels und notierte die, die nur

noch ein Zimmer zu vergeben hatten. Dann wählte sie eines aus. Sollte seine Tussi, die er bestimmt nicht hier im Ort lassen wollte, sehen, wo sie blieb.

Am 23. Dezember fuhr Erich nach D...
Als er im gebuchten Hotel feststellen musste, dass es kein einziges Doppelzimmer mehr gab und auch kein freies Einzelzimmer, fluchte er. Wo sollte Editha wohnen? Sie hatte sich so sehr auf gemeinsame Festtage im Hotel gefreut. Sie konnte gerade noch ein Zimmer am anderen Ende des Ortes ergattern - in einem der Luxushotels.

Kaum war Erich aus dem Haus, griff Sieglinde zum Telefonhörer und rief eine bestimmte Nummer an, die nicht im privaten Telefonverzeichnis stand. Sie ließ es dreimal läuten, dann legte sie auf. Nicht lange danach bimmelte ihr nagelneues Handy, von dem Erich natürlich nichts wusste. „Er ist weg und ich nehme an, dass er diese Editha mitgenommen hat. Hier ist alles bereit", jubelte sie. „Du kommst doch heute Abend schon?.....Bring ein möglich echt wirkendes Weihnachtsmannkostüm mit! Ich freue mich ja schon so sehr, Liebster!"
Am anderen Ende der Leitung wurden ein paar Fragen gestellt. Sieglinde beharrte auf dem Kostüm. „...Ich besorge ein paar ordentliche Geschenke für mich und den Sack. Küsschen!", beendete sie das Gespräch.

Sieglinde hatte viel zu organisieren, um zum Abend alles gemütlich in der Wohnung zu haben. Er kam pünktlich und strahlte. Auch Erichs Anruf kam wie erwartet mit der scheinheiligen Beteuerung, wie einsam er sich fühle in der fremden Stadt. Sie aber hörte das Kichern im Hintergrund und schmunzelte. Ihrem Fest stand nichts mehr im Weg.

Am Heiligabend kurz vor Mitternacht hörte Sieglinde das vertraute Geräusch, als Erichs Auto vor der Garage hielt. O Schreck!

„Komm gar nicht erst rein", rief sie vom Balkon, „du bist gerade noch zeitig genug, in der Kirche mitzusingen!"

„Das könnte dir so passen", schrie Erich wutentbrannt.

„Schnell, zieh das Weihnachtsmannkostüm an, er bringt seine heißgeliebte Karre erst in der Garage unter", drängte sie ihren Liebhaber.

Als Erich das Haus betrat, hörte er ein Weihnachtslied, die Wohnzimmertür stand halb offen und es roch ein wenig nach Rum.

Er betrat das Wohnzimmer und erstarrte. Auf dem Sofa, seiner Frau gegenüber, saß ein Weihnachtsmann. Der stand auf, begrüßte den Hausherrn freundlich und entschuldigte sich: „Es tut mir leid, dass ich zu so später Stunde noch gekommen bin, aber erst musste ich natürlich zu den Kindern."

Erich wusste nicht, wie ihm geschah. Er schaute misstrauisch auf den Fremden. Der fuhr unbeeindruckt in seiner Rede fort: „ Ihre Frau war so nett, mir einen Tee anzubieten, bevor ich die Geschenke für sie auspacken konnte. Ich gehe auch gleich wieder und lasse Sie ungestört." Er schüttete den Sack aus, machte eine galante Verbeugung und ließ sich von Erich zur Tür begleiten.

„Bei diesem Wetter gehe ich gern zu Fuß, mein Bezirk ist nicht so groß", informierte er Erich noch, bevor er mit schnellen Schritten um die nächsten Hecken verschwand.

Als Erich wieder ins Wohnzimmer kam, packte Sieglinde schon die selbstgekauften aus.

„O Erich, ich hätte nie gedacht, dass du dir so schöne Geschenke hättest einfallen lassen können", jubelte sie scheinheilig und gab ihm einen Kuss auf die Stirn. Er sollte nicht merken, wie enttäuscht sie über seine frühe Rückkehr war.

Irgendetwas stimmte nicht. So sehr er auch grübelte, Erich fiel keine Erklärung für die Begebenheit ein. Schließlich dachte er voll Ärger an Editha, die sich Schmuck, besser noch die Ankündigung seiner Scheidung von Sieglinde erhofft hatte. Aber sie wusste ja nicht, dass alles, was er zu bieten hatte, von Sieglindes Vermögen abhing. Und gleich würde seine Frau ihn mit Vorwürfen überhäufen, dass er der Schwiegermutter den Heiligabend verdorben hatte.

Einbruch im Museum

„Woher soll ich denn einen Schlitten nehmen?", fragte verzweifelt der Weihnachtsmann und sah die beiden Zwerge an. Soeben hatte er festgestellt, dass seinen Jahrhunderte alten Schlitten die Mäuse erheblich beschädigt hatten.
„Schau im Internet nach!", schlug der Zwerg mit der gelben Pudelmütze vor, „da gibt es doch alles."
Ja, im Internet gibt es fast alles, nur natürlich keinen Weihnachtsmannschlitten.
Unter welchen Begriffen er auch nachschaute, dem Weihnachtsmann wurden nur jede Menge und jede Form von Kinderschlitten, Rodelschlitten, sogar Bobs aus Holz und Plastik angeboten, flache Teller mit Griffen zum Rodeln, Hundeschlitten und was es sonst noch so gab bis hin zu Puppenschlitten. All die angebotenen Schlitten waren viel zu klein, und seine Rentiere konnte er sowieso nicht davor spannen. Pferdeschlitten wurden nur nach Vorbestellung im Frühjahr gebaut.

Voller Verzweiflung wollte er schon aufgeben, da klickte er aus Versehen auf eine Seite, die ihm einen prächtigen Reiseschlitten der Zarin Katharina zeigte. Das oder so etwas Ähnliches wäre sein Traum. Unter dem Bild stand ein kurzer Text, der darüber informierte, wo dieser Prachtschlitten zu bestaunen war: in einem Museum.
Zwerg Rotbart trat auf den unterdrückten Jubelschrei des Weihnachtsmanns an den Computer.
„Das ist DIE Idee", brachte er schnaufend hervor. „Wir müssen nur noch herauskriegen, wo hier in der Nähe ein Museum auch Schlitten ausstellt."
„Du meinst,...wir sollten einen klauen?", staunte der Weihnachtsmann ungläubig.

„Nicht KLAUEN! Das ist ein hässliches Wort und eine schlimme Tat: Wir LEIHEN ihn uns nur aus. Hinterher bringen wir ihn ja zurück."

„Das ist schon besser", freute sich der Weihnachtsmann. Mit seinen Zwergen überlegte er, wie sie in ein Museum einbrechen sollten.

Zwerg Rotbart übernahm nun die Suche im Internet nach einem geeigneten Museum in der Nähe, denn nach Russland war es weit und das betreffende Museum sicherlich sehr gut überwacht.

„Hier ist ein Heimatmuseum in S...mit allerlei Fahrzeugen und Erntewagen, alten Maschinen usw. Das sollten wir uns anschauen. Ein Heimatmuseum ist sicher nicht mit Stahltüren gesichert."

So fuhren der Weihnachtsmann und die als Kinder verkleideten Zwerge zum besagten Museum. Und wirklich, zwei Schlitten – nicht sehr prachtvoll, aber groß genug und mit Deichsel – standen in einem dunklen Durchgang. Den größeren beäugten sie von allen Seiten, prüften ihn unauffällig auf seine Stabilität. Er schien nicht oft benutzt worden zu sein, die Kufen waren noch gut mit Eisen beschlagen oder wenigstens instand gesetzt.

Kurz vor Weihnachten war der Schlitten verschwunden. Zunächst merkte es niemand, denn das Museum wurde selten geöffnet, da man Heizkosten sparen wollte und sowieso niemand um diese Jahreszeit kam. Eines Tages stolperte die Frau des Museumswärters im Dämmern und wollte sich an dem Schlitten festhalten. Sie fiel in die Lücke. Als sie humpelnd ihren Mann erreichte, der ein altes Auto auf Hochglanz putzte, berichtete sie ihm. Erschrocken lief er in den Durchgang. Tatsächlich, der Schlitten war verschwunden. An seiner Stelle lagen ein paar vertrocknete Eichenblätter, die

wohl der Wind dahin getrieben haben mochte. Dazwischen lag ein Fetzen Papier. Er holte Handfeger und Schaufel, fegte die Unreinlichkeiten auf und warf sie in den nächsten Papierkorb, der für die Besucher aufgestellt war.
Was tun? Gleich melden, - bis morgen warten?
Spuren sichern! Der Museumswärter öffnete die große Tür zum Hof, denn nur hier konnte der Schlitten aus dem Durchgang gezogen worden sein. Keine Schleifspuren, erst recht nicht im Schnee, der unberührt seit zwei Tagen im Hof lag….
Unheimlich!
Mann und Frau beschlossen, die Sache erst einmal zu verheimlichen und bis nach Weihnachten zu warten. Bis dahin mussten sie nur noch einmal öffnen. Da würde „kein Schwein", wie sich die Frau ausdrückte, den Verlust bemerken, wenn sie das Messingschild an der Wand abschraubten und etwas anderes dort hinschieben würden. Zum Beispiel die Häckselmaschine für Flachs.

Der Heilige Abend kam und ging vorüber. Neujahr näherte sich. Es sollte ein großes Fest am 2. Januar geben, an dem möglichst viel Geld für den Erhalt des Museums erzielt werden musste. Glühwein sollte es geben – und Kekse, die die Museumsvereinsmitglieder spenden würden. Es gab viel Arbeit im Vorfeld. Die Gegenstände im Durchgang wollte man wegräumen, damit man dort Bierkisten, Kaffeemaschinen, das Geschirr usw. aufstellen konnte.
Und was war das? Drei Ausstellungsstücke standen im Durchgang, so dass fast kein Durchkommen war. Nanu? Der verschwundene Schlitten stand mitten im Gang. Er war etwas feucht. Und da hing ein Fetzchen von einem roten Geschenkband an der Deichsel.
Viel Gedanken machten sich die Museumsleute vor lauter Erleichterung und Arbeit nicht, sondern packten mit ihren freiwilligen Helfern an, die beiden Schlitten und die Häcksel-

maschine in eine Ecke des Hofes zu bugsieren und mit Planen abzudecken.

Als die Frau die Papierkörbe leerte, fand sie den Fetzen Papier zwischen den Eichenblättern. Er trug eine goldene Schrift. Das machte sie stutzig. Sie glättete das Papier und las:

ICH HABE DEN SCHLITTEN NUR GELIEHEN: ICH GEBE IHN UMGEHEND ZURÜCK; WENN ER NICHT MEHR GEBRAUCHT WIRD.

Der Weihnachtsmann!...,fuhr es der Frau heiß durch die Glieder. Gab es ihn denn wirklich noch?

Dann lachte sie laut und rief: „So ein Schlingel!"

Ja, ich nehme an

Tom raste mit seinem Rollstuhl die schräge Ebene zur Gartenpforte hinunter. Schnee lag ringsum, wie schon die Tage vorher. Er war allein. Das Tempo war unheimlich. Er fürchtete, jeden Moment gegen die eiserne Gartenpforte zu krachen.
Abrupt stoppte die Fahrt. Vor ihm erhob sich eine riesige Hand, zornige Augen funkelten ihn aus der Handfläche an und ein Mund schien etwas zu sagen. Zuerst konnte er vor Schreck nichts verstehen, dann aber hörte er die drohenden Worte: „Stopp! Bis morgen früh musst du dich entscheiden: j a, du nimmst dein Schicksal an, oder n e i n, du kämpfst weiterhin zäh mit ungewissem Ausgang!"
Die Szenerie wandelte sich. Kurze Bilder aus seiner glücklichen Kindheit und Jugend in Denver eilten vorbei. Andere zeigten ihm den erfolgreichen Weg zu seiner Professur dort am College. Seine Frau Susan und seine kleine Tochter Rosy erschienen und winkten ihm fröhlich zu. Dann der Schock des Unfalls, der grelle Scheinwerfer, später die heulenden Sirenen des Unfallwagens.

Schweißgebadet wachte Tom auf. Er musste unwillkürlich an das Krankenhaus und die Zeit der Rehabilitation denken. Immer wieder hatte er die Ärzte ungeduldig nach der Wiederherstellung seiner gelähmten Beine befragt. Die Ärzte hatten ihm wenig Hoffnung gemacht, ihm aber alle Möglichkeiten einer ungewissen Besserung aufgezeigt, die nur mit vielen Operationen erreicht werden konnte.
Zum ersten Mal überdachte Tom seine Situation ganz nüchtern: im Rollstuhl zwar, ja, aber ohne Schmerzen, seine Professur am College erfolgreicher denn je. Susan und seine

Tochter allerdings entfernten sich von ihm, wie es schien, weil er ständig mit seinem Schicksal haderte und ihnen das Leben dadurch nicht leichter machte. Sollte er sie am Ende durch sein ichbezogenes Verhalten ganz verlieren?
„**Ja**", rief er laut in den Raum, „ja, ich nehme an!"

Er spürte, wie die winterliche Sonne sein Zimmer durchflutete. Es waren ja Weihnachtsferien! Seit drei Tagen schon.
Im Haus war nicht viel von festlicher Stimmung zu spüren. Seine Frau hatte wohl die künstliche Tanne aufgestellt der Tochter wegen, auf jeglichen Schmuck in den Räumen aber dieses Jahr verzichtet. Noch in der vorigen Weihnachtszeit hatte sie alles liebevoll hergerichtet. Am Ende des zweiten Jahres nach dem Unfall gab sie offenbar ihre Hoffnung, aus der für sie trostlosen Situation herauszukommen, auf.
Heute konnte er ihre Enttäuschung verstehen. Mit seiner Behinderung hatte sie sich zuerst tapfer abgefunden und mit Schwung versucht, ihn sie vergessen zu lassen. Er aber kapselte sich immer mehr in sich und sein Leiden ein, fühlte sich minderwertig und zeigte seine Verzweiflung jeden Tag aufs Neue.
Kurzentschlossen griff er nach dem Telefon und bestellte bei einem einschlägigen Geschäft all die Weihnachtsdekorationen, die seinem Haus ein festlicheres Aussehen bescheren konnten. Dann ließ er sich von seinem Pfleger ankleiden und an den gedeckten Kaffeetisch bringen. Seine Frau und Rosy hatten bereits das Haus verlassen, wie an den anderen Morgenden auch.
Voller Elan malte er sich aus, wie die beiden staunten, wenn sie heimkamen und die geschmückten Räume sahen. Seine einzige Sorge war nur, dass sie heute zu früh heimkommen könnten.

Am Ende der Welt

Über die weite schneebedeckte Ebene wanderte ein einzelner Mann. Er zog auf einem Schlitten einen Sack hinter sich her. Nichts war zu sehen auf der weißen Fläche. Nur im Hintergrund erhoben sich blau die hohen Eisberge.
Der Mann stapfte unbeirrt in gleichmäßigen Schritten über den Schnee. Er schien nicht müde zu werden, obwohl die Spur, die er hinter sich auf dem Schnee zurückließ, endlos in die Ferne zu laufen schien. Ab und zu murmelte der Mann etwas vor sich hin. Es hörte sich an, als ob er sich bei jemandem beklagte. Aber da war niemand.
„Jetzt ist es nicht mehr weit", rief der Mann plötzlich aus, „ich bin bald am Ziel!"
Und richtig, etwas Gewölbtes ragte aus der Ebene. Es war nicht groß, warf aber einen Schatten, der größer wurde, je näher der Mann kam. Schließlich stand er vor einem Gebilde aus Schneeblöcken. Nicht weit davon entfernt gab es eine Vertiefung, aus der es unmerklich dampfte. Was war das?
Der Mann setzte sich auf seinen Schlitten neben den Sack und wartete.
Aus dem Schneegebilde drangen undeutlich Laute, die wie verschwommene Stimmen klangen.
Lebten hier Menschen? Und wie kamen sie dort hinein?
Der Mann schlug seine Kapuze herunter und kratze sich am Kopf. Was sollte er tun? Die feste Gewissheit, die ihn bis hierher geleitet hatte, verflog. Er fing an, an seinem Auftrag zu zweifeln. War dies wirklich der Ort, an den er kommen sollte?

Er brauchte sich nicht lange zu wundern. Ein Kopf zeigte sich in der Vertiefung neben dem Schneegebilde, dann eine Schulter. Ein Mann in seltsamer Pelzkleidung kam aus der

Öffnung und schaute zweifelnd, aber nicht unfreundlich auf den Fremden. Der Mann auf dem Schlitten verbeugte sich ein wenig, stand auf und ging auf den anderen zu. Beide Männer lächelten sich an.

„Ich komme, um Geschenke zu bringen." Der Mann öffnete seinen Sack. „Ich bin Knecht Ruprecht. Der Weihnachtsmann schickt mich in diese Schneewüste, ich soll allen Bewohnern Geschenke bringen", erklärte er.

Der Mann im Pelz lächelte breit, schien aber nichts zu verstehen. Es sagte ein paar Worte, aber die verstand Knecht Ruprecht seinerseits nicht. Eine solche Sprache vom Ende der Welt kannte er nicht.

Was nun? Er nahm ein Geschenk auf gut Glück aus dem Sack und drückte es dem verdutzen Bewohner des Schneehauses in die Hand. Der stieß einen Schrei aus. Daraufhin bewegte es sich wieder im Eingang, und ein Kind kam herausgekrochen. Es war ebenfalls in Pelze gekleidet. Ob es ein Junge oder ein Mädchen war, war nicht zu erkennen.

Das Kind trat ohne Scheu auf Knecht Ruprecht zu und streckte seine Hand aus. „Rubecht", sagte es sehr leise, „Deschenk!"

„Nanu", wunderte sich Knecht Ruprecht, „woher weißt du, dass ich Geschenke bringe?"

„Mama…Buch", grinste das Kind und hielt immer noch seine ausgestreckte Hand dem Knecht Ruprecht unter die Nase. Der griff abermals in seinen Sack, wühlte einige Zeit in den Geschenken und zog dann eine längliche flache Schachtel heraus.

„Hier, mein Kleines", murmelte er, „hoffentlich ist es das Richtige für dich."

Das Kind machte nicht lange Federlesens und riss das Päckchen auf. Ein seltsamer Gegenstand kam zum Vorschein, den Knecht Ruprecht noch nie gesehen hatte. Er sah aus wie eine halbe runde Scheibe aus Stahl und war mit einem recht-

eckigen Stück Holz an der geraden Seite versehen. Es schien sehr scharf zu sein.
„Ulu, Ulu", jubelte das Kind. Sein Vater grinste breit, er freute sich sichtlich. Er hielt dem Kind einen Lederstreifen hin. Das Kind schnitt den Lederstreifen mit der gebogenen Seite des ‚Ulu' glatt durch. Knecht Ruprecht staunte: war das ein Messer?
Nun packte auch der Vater sein Päckchen aus. Zwei Harpunenspitzen kamen zum Vorschein. Solche Spitzen kannte Knecht Ruprecht.
Das Kind trat noch einmal auf Knecht Ruprecht zu, forderte energisch: „Mama, Mama" und hielt seine Hand auf. In die legte Knecht Ruprecht ein drittes Geschenk. Das Kind verschwand sofort im Eingang. Die beiden Männer standen sich gegenüber und wussten nicht, was zu tun war.
Schließlich deutete der Vater des Kindes mit der Hand zum Eingang in das Schneehaus und sagte etwas. „Iglu" war das einzige Wort, das Knecht Ruprecht verstand. Er schüttelte höflich den Kopf, deutete auf den Sack auf dem Schlitten und zeigte in die Runde. Er machte ein paar Schritte und blieb dann stehen. Der Inuit verstand, was der Fremde meinte und dass er weiter musste. Er hob seine Hand und deutete in eine bestimmte Richtung.
Knecht Ruprecht setzte sich in Bewegung. Mit stetigen Schritten stapfte er durch den Schnee und pfiff ein Lied. Jetzt hatte er die Gewissheit, dass seine Reise einen Sinn und ein Ziel hatte. Andere Menschen sollten auch Weihnachtsgeschenke erhalten. Der Weihnachtsmann hatte an alle gedacht, selbst an diejenigen, die in dieser großen Einsamkeit am Ende der Welt wohnten.

Der ganz besondere Weihnachtsbaumschmuck

In jenem Jahr fiel der Heiligabend auf einen Sonntag.
Wir waren am Freitagabend noch mit der letzten Fähre auf der Insel angekommen und in unserer Ferienwohnung gleich in die Betten gefallen. Am Samstag verschliefen wir etwas und mussten uns eilen, die nötigen Vorräte einzukaufen, denn die Läden schlossen schon um 12 Uhr mittags.
Nach einem hastigen Essen bei Mc.Donald konnten wir in unserem gemieteten Heim, einem kleinen Wohn-Kinderzimmer, einem Schlafzimmer und einer einigermaßen geräumigen Wohnküche, endlich auspacken und es uns gemütlich machen. Wir schleppten die Vorräte ins Haus und öffneten Koffer und Taschen, um alles in die Schränke zu räumen.
Mama nahm einen Pappkarton aus dem großen Koffer, öffnete ihn und wurde blass. Ich sah sie fragend an. Sie bedeutete mir, ich solle ihr in die Wohnküche folgen. Dort zeigte sie mir das Malheur: statt den Karton mit den Weihnachtskugeln einzupacken, hatte sie den Osterkarton mitgenommen! Was sollten wir nun tun? Alle Läden waren doch schon zu! Die Kleinen durften nicht enttäuscht werden.
Mama stellte den Karton erst einmal auf den Küchenschrank, wo ihn die Kleinen, die Zwillinge Bettina und Annika, nicht erreichen konnten. Dann rief sie Papa herein, erzählte von dem Missgeschick und bat ihn, mit den Zwillingen an den Strand zu gehen und allerhand Dinge, die ihnen hübsch vorkamen, zu sammeln.
Papa versprach, recht lange fortzubleiben. Um die Kleinen bei der Stange zu halten, sollte er ihnen eine Belohnung für die schönsten Dinge versprechen. Bettina und Annika nahmen ihre Sandeimer und los ging es. Ich sollte nicht mit, ich durfte Mama helfen.

Mama erklärte mir auf meine neugierige Frage, warum die anderen weggeschickt waren: „Wir müssen jetzt den Weihnachtsschmuck selber machen. Ich habe da so meine Ideen."
„Wie sollen wir ihn den machen, wir können doch keine Kugeln basteln", wandte ich ein.
„Das wollen wir auch nicht. Als der Krieg zu Ende war und Oma und Opa mit mir und Tante Berta geflohen waren, hatten wir zu Weihnachten keinen Schmuck. Am Tannenbaum hingen dann Engel, die Oma aus Pappe ausgeschnitten und bemalt hatte…"
„Ich kann keine Engel malen, Mama", unterbrach ich sie.
„Wir wollen auch keine malen, ich kann das ja auch nicht so richtig gut. Wir schneiden runde Scheiben, Sterne und Quadrate aus dem Pappkarton. Einige können wir mit der Alufolie bekleben, die von unseren Butterbroten übrig geblieben ist. Wenn die Kleinen wiederkommen, suchen wir uns hübsche Muscheln aus und kleben sie auf die Pappscheiben. Hol doch schon mal die Klebe aus dem Kinderzimmer."
Mit Hilfe eines Eierbechers bekamen wir richtig runde Scheiben. Quadrate ließen sich auch leicht ausschneiden. Die Sterne machten uns mehr Mühe.
In all die Stückchen aus Pappe stachen wir ein Loch und fädelten einen Faden aus dem Nähetui hindurch. Die Quadrate beklebten wir mit Alufolie. Die fertigen Scheiben legten wir in einen tiefen Teller und versteckten ihn.
Bald kamen die Strandläufer nach Hause und zeigten stolz ihre Schätze. Annika hatte feine rosafarbene Muscheln gesammelt, kleine honigfarbene Steinchen, winzige Schneckenhäuschen, die sie von dem Pfahl einer Buhne abgestreift hatte. Bettina hatte größere Sachen: Austernschalen, Perlmutt von Miesmuscheln, kleine bizarre Hölzchen und von einem Schiffstau eine Strähne eisblauer Fäden. Papa holte aus seiner Jackentasche die Rückenschale eines Taschenkrebses, einige kleine Möwenfedern und abgeschliffene braune und

grüne Scherben von Flaschen. Das alles sah sehr vielversprechend aus.

„Und wer kriegt die Belohnung?", fragte Annika anklagend.

„Ihr habet so schöne Sachen mitgebracht, da kann ich mich gar nicht entscheiden", sagte Mama, „ihr habt beide den ersten Preis gewonnen." Sie drückte jedem Kind einen Schokoladenweihnachtsmann in die Hand. Glücklich zogen die Zwillinge ab ins Kinderzimmer.

„Geh du mit ihnen <Schwarzer Peter> spielen", bat Mama Papa. „Elise und ich haben noch viel zu tun. Und lass ja nicht eine von beiden hier in die Küche. Wenn ihr was braucht, musst du es holen, Erwin."

Jetzt ging die spannende Arbeit erst richtig los. Wir sortierten und wuschen die Gegenstände. Die kleinen Schnecken rochen unangenehm. Wir stellten fest, dass sie noch lebten. Da wir auf sie aber nicht verzichten wollten, blieb uns nichts anderes übrig, als sie zu kochen und mit einer Häkelnadel anschließend auszupulen.

Nun beklebten wir die Pappen mit Muscheln, Schneckenhäusern, den Glasscherben, Federn und Steinchen. Die Quadrate bekamen noch quer über alles einige Fäden des blauen Taus. Wir betrachteten unser Werk. Leider: - glitzern taten die Schmuckstücke nicht alle.

„Was können wir tun, damit etwas Glanz an die kommt, an denen kein Silberpapier klebt?", fragte Mama etwas ratlos. Wir zündeten eine Kerze an und prüften, ob der Kerzenschein einen besseren Glitzereffekt hervorrufen könnte. Aber nein, es funktionierte nicht.

Da sahen wir auf dem Küchentisch Sandkörner aufblitzen. Das war die Erleuchtung. Ich lief schnell nach draußen an die Mülltonne und holte in einer Tasse Sand, den ich unter der Tonne schon vorher entdeckt hatte. Wir klebten immer einige gröbere Körnchen zwischen die Muscheln, Schnecken und Glasscherben. Und tatsächlich, er glitzerte ein wenig.

Am nächsten Vormittag brachte unser Wirt den versprochenen Baum. Aber, o Schreck! Es war kein kleines Tannenbäumchen, sondern eine kurze, aber ausladende Kiefer! Wohin damit? Ins Kinderzimmer passte sie nicht. Der Wirt aber hatte schon seine eigene Idee und stellte sie einfach auf den Kühlschrank in der Ecke.
„So. Da stört der Baum nicht, kein Kind kann ihn umrennen. Da ist er sicher", meinte er und verschwand wieder.

Und wirklich, da stand die Kiefer ganz wunderbar. Als die Kleinen Mittagsschlaf hielten, half Papa uns, die Kerzenhalter zwischen den langen Nadeln der Kiefer so anzubringen, dass kein Feuer entstehen konnte. Dann schmückten wir den Baum mit dem selbst gefertigten Schmuck.
Und als am Spätnachmittag das Glöckchen bimmelte und wir in die Küche kamen, strahlte uns der seltsame Weihnachtsbaum an. Mit offenem Mund bestaunten Annika und Bettina ihn, bevor sie ihre Gedichte nacheinander aufsagten.

Schutzengel

Plötzlich setzte die Orgel mit einem gewaltigen Brausen ein. Eine Toccata von Bach stand auf dem Programm. Die Worte der berühmten Schauspielerin, die eben noch eine besinnliche Geschichte vorgelesen hatte, und die eigentlich in der Stille des Kirchenraums ein paar Augenblicke weiter hätten nachklingen sollen, wurden brutal verschluckt. Grete fuhr erschreckt zusammen. Sie fröstelte. Um das Brausen für sich ein wenig in den Hintergrund zu drängen, sah sie zum schlicht geschmückten Weihnachtsbaum. Er füllte den Altarraum fast bis zur Decke aus, schmal und hoch. Er war nur behängt mit Lichterketten aus kleinen Glühbirnchen und mit goldenen Lamettafäden, die ein wenig zitterten. Die Lämpchen verbreiteten ein gleichmäßig stilles Licht, so dass das Gold der Fäden nur ab und zu aufblitzte.

Jetzt wurde die Orgel leise und sanft. Grete lauschte der Partie und geriet dabei ins Träumen. Auf der Spitze des Baumes sah sie einen hellen Stern leuchten. Woraus mochte er bestehen? Sie hatte ihn vorher nicht bemerkt. Er schien auch nicht mit dem Baum verbunden zu sein, sondern schwebte ein Stückchen darüber. Mit jedem Ton der Orgel veränderte er seine Position ein wenig als ob er tanzte. Jetzt wandelte er sich in eine lichte Gestalt, in einen kaum erkennbaren Engel. Der Engel setzte eine Posaune an seinen Mund. In dem Moment jauchzte die Orgel mit aller Macht auf. Der Engel schien sich zu erschrecken, er versteckte sich in den Zweigen der Tanne.

Von dort aus sah er Grete direkt in die Augen. Was wollte er ihr sagen? Die frohe Botschaft war doch schon am Anfang des Gottesdienstes verkündet worden vom Chor. Und da war der Engel nicht sichtbar gewesen. Sie fühlte Freude, zugleich eine

Beklommenheit, die ihr Schmerzen bereitete. Und immer noch schaute der Engel sie an.

Als sie zu sich kam, lag sie in einem Bett, hatte einen Schlauch in der Nase, ein Blutdruckgerät am Arm und eine Infusion in der Ader der rechten Hand
„Ich bin im Krankenhaus", murmelte sie vor sich hin, „aber wieso?"
Eine junge Ärztin trat an ihr Bett.
„Frau Noria, Sie haben einen Herzstillstand gehabt. Ein Schutzengel muss ihnen zur Seite gestanden haben, dass Sie noch leben."
„Ich habe ihn gesehen, ich habe in seine Augen geschaut", murmelte Grete leise. „Er saß im Weihnachtsbaum."

Der Weihnachtsmann ist krank

Vor vielen, vielen Jahren wurde der Weihnachtsmann zum ersten Mal in seinem Leben krank.
Er hatte Schnupfen und hustete sehr. Immer, wenn er ein Päckchen eingewickelt hatte, musste er die Nase putzen. Und immer, wenn er ein Blech mit den Weihnachtskeksen aus dem Ofen holen wollte, bekam er einen Hustenanfall, dass ihm fast die Luft wegblieb. Wie sollte das noch werden bis Weihnachten?
Obwohl der Weihnachtsmann Medizin schluckte und sich einen warmen Schal um den Hals wickelte, bekam er ein paar Tage vor Weihnachten doch noch Fieber und musste sich ins Bett legen.
Da lag er nun und war verzweifelt, denn wer sollte den Kindern die Geschenke bringen?
Als er einmal aus dem Bett aufstand, um sich eine Tasse heißen Tee zu holen, fiel sein Blick auf ein Stück Papier. Er nahm es zur Hand und schrieb darauf mit Bleistift:

Hilfe! Hilfe! Ich bin krank!

Er klebte den Zettel mit Kuchenteig an seine Haustür. Dann ging er zitternd wieder ins Bett.

Zwerge kamen am Haus des Weihnachtsmanns vorbei. Sie sahen den Zettel an der Tür.
„Kannst du lesen?", fragte ein Zwerg den anderen.
„Nein, wir sind ja nicht zur Schule gegangen", antwortete ein anderer.
„Vielleicht können die Rentiere lesen", meinte ein dritter.
Sie gingen zum Stall, wo die Rentiere darauf warteten, vor den Schlitten gespannt zu werden.

„Könnt ihr lesen?", riefen die Zwerge schon an der Stalltür.
„Das ist Menschenkram", murrten die Rentiere und steckten ihre Köpfe in die Futterkrippe.

„Ich weiß etwas", rief aufgeregt der kleinste Zwerg. „Die Fee im Wald kann uns helfen. Sie kann sicherlich lesen."
Eilig schaufelten und stapften sich die Zwerge einen Weg durch den Schnee zum Haus der Fee. Sie klopften an die Tür. Die Fee machte auf, sie hatte ihr Glitzerkleid angezogen und einen hohen spitzem Hut auf dem Kopf.
„Kannst du lesen?", schrien ihr die Zwerge entgegen.
Die Fee lächelte und sagte: „Ich kann nicht lesen. Aber ich weiß schon, was geschehen ist. Der Weihnachtsmann ist sehr, sehr krank und hat einen Zettel an seine Tür geklebt. Darauf steht: ‚Hilfe, ich bin krank'. Ich bin gerade auf dem Weg zu ihm."
„Du kannst unsere Spur nehmen, die wir getrampelt und geschaufelt haben", boten ihr die Zwerge an, aber da schwebte die Fee schon davon.

Als sie beim Weihnachtsmann ankam, sagte sie streng: „Du bleibst dieses Jahr zu Hause im Bett und wirst gesund."
„Und wer…", begann der Weihnachtsmann krächzend.
„Ich. Ich werde den Kindern die Geschenke bringen. Ich habe es mir schon oft gewünscht."
Die Fee zog ihren Zauberstab hervor und bewegte ihn in vielen Figuren durch die Luft. Jedes Mal, wenn eine Figur fertig war, wickelten sich mehrere Päckchen von selbst in Goldpapier, die Schleifen banden sich von selbst darum und die Kekse auf den Blechen im Ofen wurden knusprig und füllten sich dann von allein in die Tüten. Zum Schluss malte die Fee einen großen Bogen mit dem Stab in die Luft und siehe da: alles schlüpfte in die Weihnachtssäcke. Die Fee nahm die Säcke und verschwand.

Am Weihnachtsabend schauten viele Kinder aus dem Fenster, um den Weihnachtsmann vorbeikommen zu sehen – aber er kam nicht. Manche sahen einen Glitzerschein durch die Straßen huschen. Und als die Glöckchen zur Bescherung bimmelten, fanden die Kinder Geschenke unter dem Tannenbaum wie jedes Jahr.
Aber der Weihnachtsmann? Der war doch nicht zu sehen gewesen!
Da erinnerten sich einige Kinder an den Glitzerschein und glaubten, Engel hätten die Geschenke gebracht, denn sie kannten die Fee nicht.
Eine Fee kommt ja auch nur heimlich.

Die Überraschung

Therese schloss die Haustür auf. Schon wieder brannte kein Licht im Treppenhaus. Das war nun schon das vierte Mal, dass die Lampen in allen drei Stockwerken zertrümmert waren. Wer das wohl immer machte? Hier wohnten doch keine Jugendlichen.
Therese seufzte. Immerhin musste sie nicht die hässlichen Schmierereien an den Wänden betrachten, als sie sich nach oben in ihre Wohnung hinauf tastete. Im Unterbewusstsein zählte sie die Stufen bis zum nächsten Stockwerk.
Das Schlüsselloch zu ihrer Wohnung fand sie, ohne lange fummeln zu müssen, fast sofort und schloss auf. Aus ihrer kleinen Küche kam ihr der Duft von den Pfefferkuchen entgegen, die dort zum Auskühlen auf der Arbeitsplatte standen. Sie knipste das Licht an, legte ihren Mantel ab, streifte die Schuhe von den Füßen und ging in die Küche. Hier schaltete sie die Lampe über dem Herd an und packte ihre wenigen Einkäufe aus: Milch, ein Päckchen Schwarzbrot, einen großen Becher Joghurt und einen Kohl. Auf den Kohl mit Kartoffeln und Kümmel freute sie sich schon jetzt. An Fleisch war nicht zu denken, ihre Rente reichte nur für das Nötigste.
Therese hatte keine Familie. Ihre wenigen Freunde wohnten in anderen Städten und waren nur über das Telefon zu erreichen, wenn es ihr gar zu einsam wurde. Jetzt in der Adventszeit vermisste sie die menschliche Zuwendung ganz besonders.

Zu dumm, sie hatte die Post vergessen mit herauf zu nehmen. Noch einmal tastete sich Therese nach unten zum Briefkasten. Vielleicht war dort eine Werbebroschüre, mit der sie sich beschäftigen konnte, ehe sie zu Bett ging. Es gab zu viele kuriose Sachen zu bestaunen in den bunten Seiten solcher

Heftchen. Sie nahm einen großen Umschlag aus dem Kasten, einen Werbeprospekt und einen Brief. Nanu, wer konnte ihr geschrieben haben? Hoffentlich war es keine Rechnung. Aber das konnte nicht sein, überlegte sie beim Hinaufgehen, sie hatte nichts gekauft, was sie nicht gleich bezahlt hatte.
In Ihrem Wohn-Schlafzimmer setzte sie sich neugierig an den Tisch, setzte ihre Lesebrille auf und studierte zuerst den Umschlag des Briefes. Er war mit einer schönen Sondermarke zur Weihnachtszeit beklebt und zeigte eine ihr unbekannte Handschrift.
Hastig riss sie den Brief auf, schon innerlich gegen eine Enttäuschung gewappnet, sollte auch darin nur Reklame sein. Es war aber ein richtiger Brief.

„Liebe Therese", stand darin, *„Du kennst mich wahrscheinlich nicht, aber ich weiß von Dir und habe Dich lange beobachtet. Du scheinst mir würdig zu sein, dass Dir ein Wunsch zu Weihnachten erfüllt wird. Du brauchst nichts weiter zu tun, um eine Überraschung zu erleben, als Deine rote Geranie ins Küchenfenster dicht neben deine Kaffeemaschine zu stellen. Du kannst mir vertrauen."*

Sollte das ein übler Trick sein? Wollte jemand ihr böse mitspielen? Was hatte das sonst zu bedeuten? Wer konnte sie unbemerkt beobachten, an ihr überhaupt ein Interesse haben?
Sie wusste nicht, was sie denken und tun sollte. Es waren auch nur wenige Tage bis zum Fest, viel Zeit zum Überlegen blieb ihr nicht.
Sie rief ihre Freundin Gerda in Düsseldorf an und erzählte ihr von dem Brief. Gerda aber hörte ihr nicht zu, sondern erzählte, was sie alles für die Enkelkinder gekauft hatte. Für Enkelkinder, von denen sie stets behauptete, dass sie sich gar nicht um sie kümmerten. Aber so waren wohl Großeltern. Sie

dachten nur an ihre Sippschaft, selten aber an ihre Freunde und deren Bedürfnisse.
Enttäuscht öffnete Therese den großen Umschlag. Wie vermutet, steckte darin eine Glanzbroschüre - von einem Autohaus. Was die sich wohl dachten, einer alten Frau mit kleiner Rente einen solchen Katalog zu schicken? Da war der Werbeprospekt schon interessanter. Er kam von einem Baumarkt.
Therese stellte sich beim Betrachten der Bilder vor, wie sie ihre Wohnung mit den Dingen aus dem Baumarkt verschönern könnte: mit einer neuen Tapete, einem Regal für ihre Schuhe im winzigen Flur und Übertöpfen für ihre Geranien. Bei dem Gedanken an ihre Geranien fasste sie den Entschluss, dem Brief des Unbekannten zu folgen. Sie nahm die einzige, noch blühende rote Geranie und stellte sie ins Küchenfenster. „Was soll mir schon passieren!", sagte sie sich. „Bei mir kann man wirklich nichts holen, ich habe ja selbst gerade genug zum Leben. Vielleicht passiert ja doch etwas Angenehmes. Neugierde ist auch ein schöner Zeitvertreib."

Am Heiligabend wartete Therese insgeheim darauf, dass es vielleicht klingeln und ein Bote ihr etwas bringen könnte. Aber kein Bote kam. Eine Bekannte aus Köln rief an, um ihr ein frohes Fest zu wünschen, ansonsten geschah nichts. Therese brühte sich einen Tee auf und setzte sich mit ihren Pfefferkuchen vor den kleinen Fernseher, um den späten Gottesdienst anzusehen. Sie stellte den Ton lauter, als die bekannten Weihnachtslieder gesungen wurden.
So bekam sie nicht mit, dass just zu dieser Zeit im Treppenhaus ein Rumoren anfing. Als sie es endlich auch wahrnahm, wurde sie sehr ärgerlich. Konnten einen die Rowdies nicht wenigstens am Heiligen Abend mit ihrem Krach in Ruhe lassen! Sie wagte nicht, die Tür zu öffnen, um zu sehen, was

vorging. Sollten sich doch die Nachbarn mit dem Problem beschäftigen! Sie als alte Frau war dazu nicht mehr berufen.

Am nächsten Morgen wollte Therese zur Kirche gehen. Dick eingemummelt mit Wollmütze, Schal und Fäustlingen betrat sie das Treppenhaus. Fast erschrak sie, so hell leuchtete es dort. Sie sah sich misstrauisch um. Nicht nur waren neue Lampen in allen drei Stockwerken angebracht, die Wände erstrahlten in nahezu grellem Gelb. Kein Schmutz, keine Scherben lagen mehr auf den Stufen. Verwirrt blickte sie auf die strahlende Helle.

Unten im Eingang lümmelte ein junger Mann und rauchte eine Zigarette. Er hatte Sonntagskleidung an. Er grüßte sie höflich. Sie blieb vor Staunen stehen und stotterte ihr „Guten Tag". Der junge Mann fing an zu grinsen, wünschte ihr: „Frohes Fest" und hob den Zeigefinger an seine Baseballkappe.
Seine Hand war nicht ganz sauber. Am Zeigefinger klebte gelbe Farbe.

Beim Friseur

Iris schaute missmutig in den Spiegel, während die Friseuse ihr die Haare auf Lockenwickler drehte. Hässlich sah sie aus mit den nassen Haaren und den Wicklern über der Stirn. War ihre Entscheidung richtig, sich aus den glatten Haaren endlich eine lockige Frisur zaubern zu lassen? Von wegen zaubern! Der Geruch der Mittel war unangenehm. Die Friseuse ging nicht gerade zimperlich mit den Haaren um, denn alles musste schnell gehen in diesen letzten Tagen vor Weihnachten.
Iris richtete den Blick auf die kleine Vase, die am Rahmen des Spiegels befestigt war. In ihr steckten verstaubte Tannenzweige aus Plastikmaterial. Die rote Schleife, die lieblos um die Zweige gebunden war, ärgerte Iris. So etwas konnte man doch wahrhaftig besser machen!

Weihnachten…ging es ihr durch den Kopf…was sollte sie da anfangen?
Früher hatte sie sich immer darauf gefreut, hatte liebevoll die Wohnung geschmückt, aber seit ihrer Scheidung vor zwei Jahren war ihr die Lust vergangen. Das letzte Fest hatte sie auf Mallorca verbracht. Das hatte sich als Fehler entpuppt, in ihrem Hotel gab es entweder Familien mit lauten Kindern oder verbitterte Frauen wie sie eine war. Dieses Jahr blieb sie doch lieber zu Hause.

Iris blickte im Spiegel hoch in das lächelnde Gesicht der Friseuse.
"Wir haben es gleich überstanden", sagte diese freundlich, „dann geht's unter die Haube. Und zum Fest sehen Sie prächtig aus."
„Was tun Sie zu Weihnachten?", fragte Iris spontan.

„O, ich treffe mich mit meinem Freund und dann gehen wir gemeinsam zu meinen Eltern und lassen uns verwöhnen", sprudelte sie munter hervor.

Unter der Haube döste Iris vor sich hin. Dabei traten ihr Bilder von Weihnachtsfesten bei ihren Eltern vor Augen. Schöne fröhliche Feste waren es gewesen mit Tannenduft und Gänsebraten. Die Eltern hatten sich immer große Mühe gegeben, jedes Weihnachtsfest einzigartig werden zu lassen. Das war lange her. Die Eltern waren nun über 80 und lebten in einer kleinen Wohnung nicht weit vom Park entfernt.
Mit einem Ruck richtete Iris sich auf. Die Lockenwickler stießen heftig an die Haube. Besorgt kam die nette Friseuse und fragte, ob alles in Ordnung sei.
„Aber ja", strahlte Iris, „ich hatte gerade eine grandiose Idee. Haben Sie zufällig etwas zum Schreiben? Ich muss eine lange Einkaufsliste aufstellen. Viel Zeit vor Heiligabend ist ja nicht mehr und ich will wirklich nichts vergessen."

Den Rest der Zeit unter der Haube machte sich Iris ihre Notizen: „Gänsekeulen, Kartoffelsalat, Stollen, Kekse" stand darauf, aber auch: „kleiner Weihnachtsbaum, Kerzen, Lametta". Sie konnte es kaum erwarten, fertig frisiert zu sein und sich ins Gewühl des Einkaufszentrums zu stürzen.
Trotzdem genehmigte sie sich noch einen Cappuccino und ein Zimthörnchen in einem Café, um ihre Liste noch durchzugehen und Fehlendes zu ergänzen.
Zufrieden lehnte sie sich mit geschlossenen Augen und einem Lächeln auf den Lippen einen Moment zurück. Dann nahm sie das Handy und wählte die Nummer ihrer Eltern. „Ihr kommt Heiligabend zu mir!", fing sie an….

Die geheimnisvolle Laterne

Gestern war endlich der Sturm gekommen, auf den sie tagelang gewartet hatte. Heute säuselte der Wind nur leicht in den Nadelbäumen am Waldrand.
Sie saß auf einem Baumstumpf am Waldparkplatz, neben sich zwei Einkaufstüten voller Tannen- und Kiefernzweige. Das Aufsammeln hatte keine Mühe bereitet, sie war schneller fertig als gedacht.
Sie wartete darauf, dass ihr Mann sie wieder abholte. Die leere Plastiktüte, die sie auf den Baumstumpf gebreitet hatte, um ihre Fellhandschuhe, auf denen sie saß, nicht nass werden zu lassen, hielt nicht ewig die Kälte ab. Ihre Füße waren warm, sie steckten in dicken Socken, aber ihre Hände wurden allmählich in den Manteltaschen klamm.
Warum kam Thomas nicht? Dauerte die Besprechung mit den Außendienstleuten so lange?

Es wurde schon dämmerig unter den Bäumen. Ab und zu piepste ein Vogel leise. Neben ihr knackte etwas im Wind, irgendwo rieben zwei Äste aneinander, wenn eine Windbö die Baumkronen erfasste. Jedes Mal quietsche es in einem jämmerlichen Ton.
Angelika fühlte sich beklommen. Nicht, dass sie sich fürchtete, sie war oft im Wald, auch bei Nacht. Das Warten machte sie nervös.

Sie stand auf, um ihre Glieder zu strecken und sich durch Bewegung ein bisschen aufzuwärmen. Als sie auf dem verschneiten kleinen Parkplatz auf der Stelle trat, entdeckte sie ein feines, aber deutliches Leuchten in den kahlen Zweigen der nahen Blaubeersträucher. Geistesabwesend blickte sie kurz darauf, dann trat sie an den Straßenrand, weil sich ein

Auto näherte. Aber es raste vorbei. Wo blieb Thomas nur so lange?

Es wurde allmählich dunkel. Das Leuchten im Gebüsch verstärkte sich ein wenig. Angelika bückte sich und schaute genauer hin. Da hing doch tatsächlich eine kleine Laterne! Aus steifem Metallpapier gefaltet und ausgeschnitten, so wie sie es als Kind in der Schule gelernt hatte. Die Arbeit eines Kindes konnte es nicht sein, dazu war sie zu akkurat gefertigt. Und wie kam es, dass durch die Seitenschlitze Licht drang? Keine Kerze, keine elektrische Lichtquelle steckten in ihr.
Angelika nahm das Laternchen vorsichtig auf und betrachtete es aus der Nähe, soweit noch etwas zu erkennen war. Eine schöne Arbeit, aber nichts Außergewöhnliches. Am oberen Rand waren winzige Zeichen zu erahnen.

Lichtkegel näherten sich. Auf den Parkplatz bog ein Auto ein und hielt.
„Hallo, Angelika! Komm, steig ein, du musst halb erfroren sein! Hast du schöne Zweige für unsere Weihnachtsdekoration gefunden?", rief ihr Mann ungeduldig.
„Gut, dass du da bist! Mir ist wirklich recht kalt."
Mit Schwung stellte sie die Tüten in den Kofferraum. Die kleine Laterne wollte sie schon wieder in die Sträucher zurückstecken, besann sich aber und faltete sie sorgsam zusammen.

Zu Hause brauste Angelika zuerst die Zweige in der Badewanne ab. Ein herrlich frischer Duft nach Nadeln und Harz erfüllte die Wohnung. An manchen Kiefernzweigen hingen sogar Zapfen. „Die werden in der Wärme lustig knacken", meinte Thomas, der sie auf den Balkon zum Trocknen brachte.

Als Angelika etwas Ruhe fand, setzte sie sich an ihren Arbeitstisch, holte eine Lupe und legte die gefaltete Laterne vor sich hin. Sie erinnerte sich lebhaft an ihre kindlichen Versuche, das gefaltete Papier mit gleichmäßigen Einschnitten wie bei einem Kamm zu versehen, um der geliebten Lehrerin zu gefallen.
Sinnend betrachtete Angelika die regelmäßigen Einschnitte in dem blauen Metallpapier und suchte nach den Zeichen, die sie in der Dunkelheit glaubte entdeckt zu haben. Und tatsächlich, winzige Buchstaben waren auf dem Rand zu sehen. Mit der starken Lupe entzifferte sie mühsam die Worte: „Hier warten Hungrige".
Sie knipste das Lampenlicht aus. Die kleine Laterne blieb dunkel. Angelika fragte sich, ob sie sich das Leuchten nur eingebildet hatte?

In der Nacht schlief sie unruhig. Immer wieder kam ihr die Botschaft in den Sinn. Wer hungerte? Hatte ein Naturfreund etwas für hungernde Mäuse oder Vögel tun wollen? Aber warum hatte er nicht selbst etwas getan? Woher konnte er überhaupt wissen, dass diese kleine Laterne je gefunden werden könnte? Und warum hatte sie im Wald geleuchtet und später nicht? Angelika kam das ein wenig unheimlich vor. Zwerge oder Wichtel gab es doch nicht!

Sie wollte Gewissheit. So stieg sie am Vormittag in ihr kleines Auto, kaufte eine Tüte Vogelfutter und fuhr zu dem Waldparkplatz, auf dem sie am Vorabend gewartet hatte. Im Schnee sah sie undeutlich ihre Fußspuren und die Abdrücke der beiden Tüten neben dem Baumstumpf. Als sie an das Blaubeergebüsch trat, schaute sie sich um. Kein Tier hatte inzwischen Spuren hinterlassen, keine Abdrücke von Mäusepfötchen oder Vogelfüßen waren zu entdecken – ganz zu schweigen die von Wichtelschuhen.

„Werd nicht komisch, Wichtel gibt es nur im Märchen", redete sie sich ärgerlich zu. Dennoch fühlte sie sich fast mit Gewalt gezwungen, das Vogelfutter hier auszuleeren. Zwischen die Sträucher kullerten die Samen.
Eine Weile stand sie sinnend da, dann gab sie sich einen kräftigen Ruck und stieg wieder in ihren Wagen. Zufrieden überdachte sie ihr Tun. Sie schüttelte den Kopf über ihre Gedanken, aber freute sich, irgendwelchen Wesen Gutes zu tun.

Als Angelika und Thomas ein paar Tage darauf den Weihnachtsbaum schmückten, befestigte Angelika die kleine Laterne an der Spitze.
„Warum nimmst du nicht wie üblich unseren Goldstern?", fragte Thomas. „Und überhaupt: wo hast du sie her? Solche haben wir früher in der Grundschule gebastelt."
„Wir auch. Diese habe ich neulich am Parkplatz gefunden. Sie leuchtete zwischen den Sträuchern."
„Leuchtete?" Thomas schüttelte den Kopf, machte sich weiter aber keine Gedanken.

Als am Heiligabend alle Kerzen mit ihrem warmen Lichtschein den Weihnachtsbaum verzauberten, blieb die Tannenbaumspitze ungewohnt dunkel. Es fehlte der Glanz des Goldsterns.
Als aber die Kerzen heruntergebrannt und ausgepustet waren, erstrahlte die kleine Laterne wieder in ihrem feinen Licht, das durch die Ritzen drang.
Thomas sah es mit ungläubigem Staunen.
Angelika war glücklich, ihre Gabe war angenommen.

Heiligabend mit dem Karpfen

Henning konnte seiner Familie nicht mehr das bieten, was er ihr früher ermöglicht hatte. Er war Hartz IV- Empfänger, seine Frau war krank und konnte nicht arbeiten. Die beiden Kinder, Ella und Berni, mussten auf vieles verzichten.
Heiligabend rückte immer näher. Die Kinder hatten jedes eine lange Wunschliste. Sie hofften, dass wenigstens ein oder zwei der Geschenke, die ihnen gefielen, auf dem Gabentisch liegen würden.
„Was wünschst du dir denn?", fragte Henning seine Erika.
„Ich wünsche mir nichts, kaufe lieber den Kindern etwas Schönes."
Henning taten ihre Worte in der Seele weh, aber genau dasselbe hatte er für sich längst ebenso entschieden.
 Wo blieb da noch Weihnachtsfreude?
Am nächsten Morgen erzählte ihm Erika von Weihnachtsfesten nach dem Krieg, als ihre Oma auch nur mit wenig auskommen musste. Doch immer hatte es, nach den Erzählungen ihrer Mutter, am Heiligabend ein Festmahl gegeben, denn ein befreundeter Fischer hatte stets einen Karpfen gebracht. Henning stellte sich vor, welch eine Freude die Oma gehabt haben musste, wenn sie den Kindern zumindest ein besonderes und reichliches Essen auf den Tisch stellen konnte.

In der nächsten Nacht grübelte er lange über die Erinnerung seiner Frau. Am Morgen bestieg er sein Fahrrad und fuhr aus der Stadt zu einem abgelegenen Ort. Dort waren Fischteiche eines Angelvereins. Er beobachtete, wie die Angler, wenn ein dicker Fisch angebissen hatte, ihn vorsichtig vom Haken befreiten und in einen Eimer mit Wasser steckten.

Auf dem nächsten Wochenmarkt ging er zu einem Fischstand und fragte nach Karpfen. Sie waren unerschwinglich teuer, aber das hatte er schon vermutet. Er fragte, wie die Fische im Becken bis Weihnachten am Leben blieben. Der Fischhändler belehrte ihn, dass die Karpfen erst einmal in frischem Wasser einige Tage leben müssten, um ihren eventuellen Modergeschmack loszuwerden. Sie brauchten nichts zu fressen – oder nur wenig Fischfutter, abhängig davon, wie schnell die Kunden ihm die Karpfen aus den Fingern reißen würden.

Zwei Nächte später schlich Henning aus der Wohnung, setzte sich auf sein Fahrrad und fuhr zu einem der Teiche. Er hatte keine Angel, wohl aber eine Schnur mit einem Haken. Den warf er einfach ins Wasser, in der Hoffnung, sein Unterfangen würde gelingen. Und tatsächlich, ein Fisch biss an. Er kämpfte hartnäckig, aber schließlich schaffte Henning es, ihn in seinen Eimer zu bekommen. Frohgemut fuhr er nach Hause. Unter der Lampe löste er ihm mit klammen Fingern den Haken aus dem Maul und setzte ihn dann in die halbgefüllte Badewanne. Zufrieden legte er sich ins warme Bett.
Am nächsten Morgen weckte ihn ein Panikschrei aus dem Badezimmer. Was war denn los? Seine Frau stand mit beiden Händen vor dem Mund und starrte in die Badewanne. Der Karpfen schwamm eine Runde nach der anderen, sehr zur Begeisterung der Kinder, die nun auch herbeigeeilt waren.
„Warum ist ein Fisch in der Wanne?", wollte die ewig neugierige Ella wissen.
„Das ist unser Weihnachtskarpfen, den gibt es Heiligabend zum Abendbrot."
Erika sah ihn strafend an, sagte in Gegenwart der Kinder aber nichts.
„Dürfen wir nachher mit ihm spielen?", wollte der kleine Berni wissen.

„Mit Essen spielt man nicht", rügte Henning in strengem Ton, „das wisst ihr doch." Die Enttäuschung der beiden Kleinen war groß.

Drei Tage später betrat Henning unvermutet das Bad. Die Kinder hielten ihre Hände in die Badewanne und berührten den Karpfen. Es sah aus, als streichelten sie seinen schuppigen Körper. „Guck mal, Papi, Kuno ist ganz lieb zu uns." O je, jetzt hatten die Kinder dem Tier auch schon einen Namen gegeben!

Noch drei Tage, dann musste er den Karpfen heimlich schlachten. Aber Erika war energisch dagegen.

„Du nimmst den Kindern alle Weihnachtsfreude, wenn du ihren Freund tötest", sagte sie ernst. „Sie haben sich schon so an ihn gewöhnt. Sie planen irgendetwas, tun geheimnisvoll und freuen sich unbändig auf Heiligabend."

„Na gut", murmelte Henning ein wenig erleichtert. Er war froh, dass er nicht Hand an den Fisch legen musste, denn genau kannte er sich im Schlachten von Fischen nicht aus.

Aus der Küche roch es verführerisch nach Zimt und Äpfeln, als er den Tannenbaum mit Hilfe der zappeligen Kinder geschmückt hatte. Was es wohl zu essen gab? Erika hatte den Küchentisch liebevoll gedeckt, mit Tannengrün geschmückt und trug nun eine Schüssel auf. Es gab Milchreis mit Apfelstücken darin, reichlich mit Zimt und Zucker bestreut.

Ella und Berni schlangen das Essen hinunter und mussten sich gegen ihre Gewohnheit unbedingt die Hände waschen. Nach einer Weile riefen sie die Eltern ins Bad. Auf dem Badewannenrand stand eine Reihe brennender Teelichte. In einer Ecke hatten sie ein kleines Marmeladenglas mit Tannenzweigen aufgestellt. Daneben lag eine Tüte mit Fischfutter. Die Kinder stimmten „O Tannenbaum" an.

Henning griff heimlich nach Erikas Hand und drückte sie. Er hatte Tränen in den Augen, deshalb sah er seine Frau nicht an.

„Das ist das Schönste dieses Jahr" quetschte er mühsam hervor, „frohe Weinachten uns allen." Die Kinder merkten gar nicht, wie er ihnen über die Haare strich.

Wichtel

Vorratssuche

Die Vorräte in der kleinen Höhle zwischen den Wurzeln der Tanne gingen zu Ende. Mama Wichtel war sehr in Sorge. Seit Papa Wichtel verschwunden war, lebte sie in ständiger Angst vor Hunger und Unglück.
Sie rief nach ihrem Sohn. Grimm hatten sie ihn genannt, damit er groß und stark würde. Sie riefen ihn jedoch immer zärtlich Grimmi.
„Grimmi, du musst dich warm anziehen und etwas zu Essen suchen. Es hat nicht geschneit, du wirst leicht durch den Schnee von gestern kommen. Nimm deine Axt mit, vielleicht hast du Glück und findest einen Tannenzapfen."
Grimmi sah seine Mutter mit großen Augen an. Noch nie war er allein in den Wald geschickt worden. Er wurde rot im Gesicht vor Freude, dass sie ihm eine so wichtige Aufgabe übertrug. Seit Papa nicht mehr da war, versuchte er tapfer, Mama die Sorgen abzunehmen. Er nahm sich vor, nicht mit einem leeren Sack heimzukommen.
Vorsichtig bahnte er sich einen Weg durch den Schnee. Zuerst war es leicht, denn nur wenige Flocken hatte es unter die dichten Tannenzweige geweht. Als er jedoch das schützende Dach aus Nadeln verließ, wurde der Schnee tiefer. Das Laufen war nun nicht mehr so einfach.

Grimmi hatte Glück, ein langer Tannenzapfen lag fast vom Schnee zugedeckt neben einem Gebüsch aus Preisselbeeren. Mit der Axt begann er, die Schuppen abzuschlagen, um an die Samen zu kommen. Er arbeitete schon eine ganze Weile, da musste er sich schnell verstecken, denn ein Eichhörnchen hatte ebenfalls den Zapfen entdeckt und kam drohend näher. Das Tier war größer als er.

Er kroch mit seinem halb gefüllten Sack enttäuscht unter das dichte Preisselbeergestrüpp. Als er nach oben blickte, sah er einige gefrorene rote Beeren unter der weißen Schneedecke. Voller Freude kletterte er an den Pflanzen hoch und pflückte sie. „Mama wird sich riesig freuen! Endlich nicht nur immer Tannensamen!" Auch ein paar gefrorene Blattknospen hackte er mit seiner Axt von den Sträuchern.

Das Eichhörnchen war längst mit dem Tannenzapfen verschwunden, als Grimmi mit der schweren Arbeit fertig war. Den Sack konnte er nicht mehr tragen, er war prall gefüllt und sehr schwer wegen der Beeren. Er schleifte ihn keuchend nach Hause.
Am Höhleneingang kam ihm schon der verlockende Duft nach Rosenblättertee entgegen. Mama umarmte ihn freudig:
„Dass du wieder da bist! Endlich! Du warst so lange weg!"
„Ich habe eine Überraschung für dich", rief Grimmi und öffnete den Sack. Er holte stolz eine rote Beere heraus.
„Wo hast du die denn gefunden, mitten im Winter? Ob sie noch gut ist?"
„Ich habe noch mehr davon. Sie sind gefroren. Wenn du sie kochst, tauen sie dann wieder?"
„Ja. Wir wollen sparsam damit umgehen, damit wir länger welche haben. Einige können wir hinter den Baum in die kleine Vorratshöhle legen für später."
Grimmi rieb sich die kalten Hände.
„Ach du Ärmster, vor Freude über die Beeren habe ich ganz vergessen, wie kalt es dir sein muss! Trink erst einmal eine Tasse heißen Tee."
Mutter und Sohn setzten sich an den Tisch, knabberten Tannensamen und wärmten sich an dem Tee.
„Der Vorrat, den du gesammelt hast, reicht nicht allzu lange. Würdest du noch einmal losgehen und dein Glück versuchen?

Ich merke es an meinem kleinen Zeh, dass bald neuer Schnee fällt."

„Aber gern, Mama. Ich weiß, wo noch andere Sträucher stehen. Vielleicht haben die Vögel auch dort noch nicht alle Beeren weggefressen."

Zwei Mal noch machte sich Grimmi an diesem Tag auf, um alles Essbare zu sammeln, das er finden konnte. Samen, einige verschrumpelte Beeren, ein wenig Tannenrinde mit viel Harz daran und eine Haselnuss waren seine Ausbeute. Damit konnten sie den nächsten Schnee überstehen, wenn er nicht zu lange liegen blieb. Nach einem köstlichen Brei aus Tannensamen und einigen Beeren schlief er zufrieden ein.

Mama Wichtel blieb noch lange wach in ihrem Bett und grübelte über ihre Lage. Sollte es immer so sein, dass sie nur Vorräte für die nächste Woche hatten? Sollte sie Grimmi regelmäßig auf Nahrungssuche schicken?
„Er ist doch noch ein Kind, und die Gefahren im Wald sind groß. Wilde Tiere treiben sich dort herum und nirgends wohnen andere Wichtel, die man um Hilfe bitten kann", flüsterte sie vor sich hin. Sicher war ihr Mann durch ein Tier oder einen Unfall ums Leben gekommen. Wie sollte sie es auf die Dauer allein schaffen? Der Winter war noch lange nicht vorbei.

Bei Oma

Gisela stand auf einer Fußbank in Omas Küche und rührte mit dem Schneebesen Eier und Zucker schaumig. „Nach alter Sitte muss man lange rühren, damit alles gut wird", hatte Oma gesagt. Oma stand am Herd und sah zu, wie Honig und Butter langsam schmolzen. Es roch verführerisch nach Zimt und

Nelken. Oma hatte die Gewürze schon in das gesiebte Mehl gestreut.

„Schade, dass Mutti nie Zeit hat, mit mir Plätzchen zu backen. Ich kann nur im Kindergarten ausstechen."

„Nun, du bist ja jetzt hier", tröstete Oma, „ich habe keinen Beruf mehr und viel Zeit. Ich freue mich jedes Mal, wenn du zu mir kommst und etwas mit mir zusammen tust."

„Wann kann ich denn endlich ausstechen?"

„Gleich ist alles geschmolzen, dann rühren wir die Zutaten zusammen und kneten sie ordentlich. Aber du musst auch dann noch Geduld haben, Giselchen, der Teig muss erst wieder kalt werden. Am besten stellen wir die Schüssel auf die Terrasse."

„Und bis dahin? Was tun wir bis dahin?"

„Ich werde die Sachen abwaschen", sagte Oma. „Du kannst inzwischen an den Zaun am Waldrand gehen und den Vögeln Futter in ihr Futterhaus streuen."

„Au ja, die armen Vögel finden kein Futter im Schnee. Die werden sich freuen, wenn ich ihnen was zum Essen bringe."

„Jetzt hast du genug gerührt. Hilf mir noch, das Mehl löffelweise in den Brei zu geben, dann kannst du dich warm anziehen und loslaufen."

Gisela sah gespannt zu, wie Oma den flüssigen Honig in den Eierbrei, den sie eben gerührt hatte, laufen ließ. Der Brei verfärbte sich bräunlich.

„Den ersten Löffel Mehl kannst du jetzt zugeben."

Oma rührte immer kräftiger, denn jeder Löffel Mehl machte es schwieriger. Zuletzt knetete Oma mit bemehlten Händen die zähe Masse zu einer Kugel, legte sie wieder in die Schüssel und deckte ein Tuch darüber.

Gisela zog sich warm an und bekam von Oma eine Tüte mit Vogelfutter in die Hand gedrückt. „Gib ihnen nicht zu viel, Giselchen. Nur der Boden des Häuschens sollte bedeckt sein. Wenn's mehr ist, fallen die Körner auf die Erde. Mäuse wollen wir nicht mit ernähren. Mäuse finden auch so noch genug unter dem Schnee."

Oma wohnte in einem Reihenhaus am Wald. Ihr Garten reichte bis an den Waldrand. Dort hatte sie das Futterhäuschen auf einem Pfahl aufgestellt, damit die Vögel auf einen Baum fliegen konnten, wenn eine Katze durch den Garten streunte.

Gisela musste sich ordentlich recken, um in das Futterhäuschen blicken zu können. Einige Körnchen lagen noch dort. Sie nahm eine Handvoll Vogelfutter aus der Tüte und streute sie unter das Dach. Noch war der Boden nicht richtig bedeckt, eine zweite Handvoll war nötig.

Sie dachte an die armen Mäuschen und streute auch für sie ein paar Körnchen unter das Häuschen. Als sie nach Fußspuren der Mäuse Ausschau hielt, gewahrte sie Abdrücke von winzigen Schuhen. Nanu, träumte sie? Ihr wurde in der Dämmerung richtig unheimlich zumute. Flink rannte sie zur Hintertür und stürzte in die Küche. „Omi, Omi, komm schnell! Unter dem Futterhäuschen sind seltsame Spuren!"

„Werden wohl von den Mäusen stammen", murmelte Oma.

„Nein, es sieht aus wie von kleinen Schuhen! Komm, Omi, guck dir das an!"

Oma schlug einen Schal um ihre Schultern und stieg in ihre Gummistiefel. Sie ging mit Gisela an der Hand zum Ende des Gartens. Unter dem Futterhaus war es inzwischen so dunkel, dass sie nichts erkennen konnte.

„Hol die Taschenlampe, sie liegt im Flur auf der Kommode", bat sie.

Gisela flitzte los und war in wenigen Augenblicken wieder da. Sie knipste die Lampe an und beleuchtete den Schnee. Tatsächlich, winzige Schuhabdrücke führten zum Zaun und unter ihm weiter und verloren sich in dem dichten Brombeergesträuch dahinter.

„Das ist ja…", staunte Oma und holte tief Luft, „das ist ja wie im Märchen!"
„Wer kann das gewesen sein, Omi?"
„Ein Wichtel, wenn ich an die Märchen denke. Aber Wichtel gibt es nicht."
„Und wenn doch?"
„Unmöglich, es muss eine andere Erklärung geben. Märchenwesen sind nur erfunden."
Damit nahm Oma Gisela die Taschenlampe aus der Hand, knipste sie aus und kehrte ins Haus zurück. Gisela folgte ihr, sie wollte keine Minute länger im fast dunklen Garten bleiben.
„Omi, erzählst du mir ein Märchen von den Wichteln?"
„Ja, heute vor dem Schlafengehen. Jetzt ist der Teig wohl kalt genug. Wir können ihn ausrollen und du darfst die Formen ausstechen."

Reichliche Ausbeute

Grimmi kam am nächsten Tag mehrmals mit gefülltem Sack nach Hause. Mama Wichtel staunte nicht schlecht. „Wo hast du all die guten Sachen gefunden? Wir haben jetzt fast genug für den ganzen Winter. Solch reiche Ausbeute hat Papa niemals gefunden."
Grimmi druckste ein wenig herum. „Mama, du darfst nicht böse sein", fing er an, „ich weiß, ich durfte nicht dorthin."
„Wo um Himmels Willen warst du?", fragte die Mutter und sah ihm ängstlich ins Gesicht.
„Ich war gestern bis an den Waldrand. Rehe haben einen Weg getrampelt, dem bin ich einfach gefolgt. So konnte ich schneller laufen."
„Du warst bei den Menschen! Kind, wie konntest du nur all unsere Warnungen vergessen!"

„Aber Mama, es war gar nicht gefährlich, die Rehe sind doch auch dorthin gelaufen. Und ich war ganz vorsichtig und habe mich immer umgeschaut. Am Waldrand habe ich mich in einem Brombeergebüsch versteckt und abgewartet. Es war ganz leise dort, niemand zu sehen, nicht mal eine Maus."
„Auf die Mäuse ist doch kein Verlass, die sind frech und viel schneller wieder weg, wenn Gefahr droht."
„Ich weiß das ja, aber trotzdem. Ich war nun mal da. Ein Vogel mit roter Brust kam geflogen, setzte sich auf einen Ast über mir und flog dann zu einem kleinen Häuschen auf einem Pfahl. Dort holte es etwas, setzte sich wieder auf den Ast und ich sah, dass er etwas zu essen hatte."
„Aus einem Häuschen?", fragte Mama Wichtel erstaunt.
„Nicht aus einem Haus, wie die Menschen es in groß haben. Es war klein, so eins hätte ich auch gern zum Wohnen. Es war aus Holz mit einem Dach aus Rinde. Dort muss Futter gewesen sein."
„Seltsam. Menschen müssen es dorthin gestellt haben. Ob sie mit den Vögeln Mitleid haben? Und ihnen etwas hinein streuen?", überlegte Mama Wichtel.
Ungläubig blickte sie ihren Sohn an. Der zuckte mit den Schultern, er konnte es auch nicht wissen.
„Ich war neugierig", setzte er seine Geschichte fort. „Ich schlüpfte aus dem Gebüsch und schlich mich unter das Häuschen. Und denk dir, die Vögel haben viel fallen lassen. Das habe ich heute aufgelesen und mitgebracht. Das ging ganz schnell, ich brauchte ja nicht zu suchen und keine Zapfen mit der Axt zerlegen."
„Und du bist mehrmals hingegangen heute?"
„Ja, Mama, nun brauche ich nicht mehr hin. Du hast gesagt, wir hätten nun genug."
„Aber ja, mein Liebling. Du warst sehr wagemutig und sehr tapfer."

Froh und erleichtert blickte sie auf die vollen Säckchen, die in der Ecke lehnten.
Gemeinsam leerten sie sie auf dem Boden aus und bestaunten, was Grimmi alles gefunden hatte.
Mama Wichtel holte mehrere Schüsseln. In die sortierten sie die unterschiedlichen Dinge: kleine runde Hirsekörnchen, große schlanke Sonnenblumenkerne, Weizen und Hafer und seltsame, große, verschrumpelte braune Beeren, die sie nicht kannten und die süß schmeckten, als sie eine probierten. Auch Stückchen von Nüssen waren darunter und plattgedrückte runde Getreidekörner. Jede Sorte füllten sie danach in Säckchen oder irdene Krüge und stapelten sie in der Vorratsecke. Als Festschmaus gab es Hirsebrei mit einigen der komischen unbekannten Beeren. So etwas Süßes hatten sie lange nicht gegessen.

Neue Spuren

Gisela lief gleich am Morgen, als Oma die Betten machte, in den Garten und zum Futterhaus. Oma hatte ihr gestern am Abend das Märchen von den Heinzelmännchen erzählt, die dem Schuster geholfen hatten. Jetzt wollte sie noch einmal die kleinen Fußspuren sehen. Aber o weh, der Wind hatte den Schnee unter dem Futterhäuschen verweht. Sie konnte nur die frischen Tritte eines Vogels erkennen. Die Körner waren auch zugeweht. Sie reckte sich und sah unter das Dach aus Rinde. Hier lagen noch viele Körnchen, das Dach und die halbhohen Seitenwände hatten keinen Schnee hineingelassen.
Waren das gestern nicht doch Spuren von einem Wichtel? Sicherlich gab es welche. Die Erwachsenen konnten bloß nicht daran glauben. Jeden Morgen wollte sie nun nachschauen, solange der Schnee noch lag, ob neue Fußtritte zu finden waren.

Zu ihrem Kummer fand sie keine Spuren mehr und wurde es bald leid, vergebens zu suchen. Weihnachten rückte immer näher, da gab es bei Oma viel für sie zu tun. Mehr Kekse und auch ein Kuchen wurden gebacken. Aus dem Wald holten sie Tannenzweige und schmückten die Fensterbretter. Goldsterne durfte sie ausschneiden und Ketten aus Buntpapierstreifen kleben für den Tannenbaum. Zwischendurch spielte sie mit Oma „Mensch ärgere dich nicht".
Es war eine herrliche Zeit.
„Bald kommt auch Mutti und feiert mit uns Weihnachten. Wir müssen nun einen Tannenbaum besorgen", sagte Oma eines Morgens.
„Au fein, den holen wir aus dem Wald."
„Das darf man nicht. Der Förster passt auf alle Bäume auf. Er erlaubt nur einem Mann, ganz bestimmte Bäume zu fällen. Sonst würden die Leute zu viele holen und dann hätten wir keinen Wald mehr", erklärte ihr Oma.
„Wo holen wir ihn dann?"
„Wir holen ihn nicht. Wir gehen auf den Markt und suchen einen aus und lassen ihn uns bringen. Ich kann nicht mehr einen großen Baum tragen."
Sie gingen am Vormittag auf den Markt. Da war ein Stand mit Tannenbäumen. Sachkundig begutachtete Oma einen Baum nach dem anderen. Der Verkäufer unterhielt sich derweil mit Gisela.
„Na, kleines Fräulein", neckte er sie, „hast du schon eine Spur von den Wichteln entdeckt, die dem Weihnachtsmann helfen?" Gisela blieb vor Verblüffung der Mund offen stehen. Die Wichtel halfen dem Weihnachtsmann? Sie holte tief Luft:
„Ich habe bei Omas Futterhäuschen neulich kleine Schuhabdrücke im Schnee gesehen. Sooo klein", zeigte sie mit Daumen und Zeigefinger. „Sind die von Wichteln?"

Nun war der Verkäufer überrascht. „Sicher", sagte er ernst, „die müssen von einem Wichtel gewesen sein. Er hat sicherlich nach deinem Wunschzettel gesucht."
Gisela machte ein bekümmertes Gesicht. „Ich habe gar keinen Wunschzettel, ich kann noch gar nicht schreiben."
„Dann wird es höchste Zeit, kleines Fräulein! Man kann Wunschzettel doch malen oder Bilder aus einem Katalog ausschneiden und aufkleben."
Oma hatte ihren Tannenbaum gewählt und gab dem Verkäufer die Adresse. Der zwinkerte Gisela zu und mahnte: „Nun aber ran, Mäuschen, vielleicht ist es noch früh genug. Vielleicht kommt der Wichtel wieder und sucht. Mach den Zettel am Vogelhäuschen fest."

Bei Oma im Haus hatte Gisela alle Hände voll zu tun, einen Wunschzettel zu basteln. Zuerst musste sie nachdenken, was sie sich wünschen sollte. Eigentlich hatte sie nur einen besonderen Wunsch: dass Mutti mehr Zeit für sie hatte. Wie aber sollte sie das malen? Konnte man Zeit malen? Eine Uhr? Aber das könnte missverstanden werden. Sie wollte keine Uhr zu Weihnachten, sie konnte sie ja sowieso nicht lesen. Sie blätterte in einem Katalog, fand aber auch dort nichts. Da fiel ihr ein altes Buch im Bücherregal auf, in dem sie schon oft mit Oma die Bilder betrachtet hatte, die zu den Geschichten gehörten. Sie nahm es vom Bord und suchte ein ganz bestimmtes Bild. Auf dem war eine vornehm angezogene Frau abgebildet, die ein kleines Mädchen in einem Rüschenkleid fest in den Arm genommen hatte. Ohne Oma zu fragen, schnitt sie das Bild aus dem Buch heraus und klebte es auf einen Zettel. Sie bohrte mit der Schere ein Loch in das Papier und zog einen Wollfaden durch. Hiermit wollte sie den Zettel am Futterhäuschen anbinden.
Solange es noch hell war, huschte sie in den Garten und befestigte den Zettel am Stamm des Häuschens.

„Lieber Wichtel, komm wieder und hol ihn für den Weihnachtsmann", flüsterte sie dabei.

Am nächsten Morgen konnte sie es kaum erwarten, in den Garten zu kommen. Beim Futterhäuschen sah sie heute viele Spuren. Große Fußspuren von Gummistiefeln, aber größer als Omas, Tritte von Vögeln, Spuren von Mäusen.
Und was war das? Winzige Schuhabdrücke, die wieder unter dem Brombeergesträuch verschwanden.
Der Wunschzettel war verschwunden.

Die Überraschung

Das grüne Auto hielt vor der Haustür und Mutti stieg aus. Gisela flog ihr in die Arme. „Mutti, Mutti, o wie schön! Du kommst schon heute. Du musst dir den Tannenbaum gleich ansehen!"
„Lass mich erst einmal reinkommen."
„Nein", sagte Oma, „geh gleich auf die Terrasse und hilf mir, den Baum in die Stube zu tragen, bevor du den Mantel ausgezogen hast."
Die Frauen schleppten den Baum in die Stube und quälten sich ab, ihn gerade in den Ständer zu bekommen. Nach einigen Versuchen klappte es. Der Baum stand gerade und fest. Sie rückten ihn ein wenig näher an die Terrassenfenster. Aus verschiedenen Kartons holten sie all die schönen Dinge, die an den Tannenbaum gehängt werden sollten. Mutti kletterte auf eine Trittleiter, um den goldenen Stern an die Baumspitze zu heften. Gisela hing unten bunte Kugeln an die Zweige und klemmte die kleinen goldenen Vögelchen fest. Die gebastelten Ketten legte sie vorsichtig auf die Zweige.
Oma kam mit dem Tee herein und holte den Stollen.

„Jetzt stärkt euch erst einmal, ihr fleißigen Wichtel", lud sie die beiden an den Tisch, „ich lege nur schnell noch eine CD mit Weihnachtsliedern auf."

„Wie kommt es, dass du schon heute kommst, Mutti?"
„Ich habe mir heute frei genommen, um mit euch den Weihnachtsbaum zu schmücken. Ihr konntet sicherlich meine Hilfe gebrauchen."
„O ja", lachte Oma, „jede helfende Hand war heute nötig. Ich muss ja nun den Gänsebraten noch vorbereiten."
„Gänsebraten? Nur für uns drei?", fragte Mutti überrascht, „ist das nicht ein bisschen viel?"
„Es kommt noch jemand", sagte Oma geheimnisvoll, „der bringt sicherlich viel Hunger mit."
Oma und Mutti sahen sich an. Über Muttis Gesicht fiel ein Schatten. Gisela merkte nichts davon.

Am späten Abend, als Gisela endlich eingeschlafen war, kam Oma in Muttis Schlafzimmer. Sie brachte eine Tasse Kakao mit.
„Wir müssen reden", sagte sie entschieden. Dabei drückte sie Mutti einen Zettel in die Hand. Mutti sah ihn an, ein Bild war darauf zu sehen. Das kannte sie aus dem Buch ihrer Mutter.
„Was bedeutet der Zettel?", fragte sie unsicher.
„Das ist Giselas Wunschzettel. Nur dieses eine wünscht sie sich: mehr Zeit von dir für sie."
Mutti fing an zu weinen und zu lachen. Oma sah sie befremdet an.
„Das war auch mein einziger Wunsch", erklärte sie. „Ich habe mit Herbert gesprochen. Er wird mir in Zukunft mehr Unterhalt für unsere Tochter geben. Da habe ich heute meinen Vertrag bei der Firma geändert und eine Teilzeitstelle daraus gemacht. So kann ich Gisela jeden Tag früher vom Kindergarten abholen."

Nun war es an Oma, vor Glück zu strahlen.
„Du bist mir hoffentlich nicht böse, dass ich Herbert seinen Wunsch, mit uns zu feiern, nicht abschlagen konnte. Er hat ja auch ein Recht, Gisela Weihnachten zu sehen."
„Du hast heimlich zu ihm gehalten nach der Scheidung. Das fand ich immer sehr ungerecht. Aber nun freut es mich für unser Kind, dass du ihn eingeladen hast." Mutti neigte sich zu Oma und küsste sie.
„Weiß Gisela es schon?"
„Nein", entgegnete Oma, „es soll eine Überraschung sein. Sie spricht zwar nie viel von ihrem Vater, aber manchmal merke ich, dass er ihr ebenso fehlt wie du an manchen Tagen."
„Dann wird es eine doppelte Überraschung für sie geben!"

Weihnachtsstimmung

„Mama, heute war ich in der Dämmerung noch einmal am Waldrand. Ich wollte sehen, ob noch etwas besonders Leckeres unter dem Futterhäuschen lag. Und denk dir, als ich zu den großen Häusern blickte, da lagen in vielen Fenstern Tannenzweige. Die waren mit glitzernden Dingen geschmückt. Und Lichter brannten auch. Es sah sooo schön aus. Warum tun die Menschen das?"
„Mitten im langen Winter feiern die Menschen ein Fest. Das nennen sie Weihnachten. Mehr weiß ich darüber auch nicht."
„Können wir nicht auch so ein Fest feiern?", fragte Grimmi begierig. „Wir können doch auch Tannenzweigspitzen hinlegen und ein Licht aufstellen."

„Ohne Papa können wir nicht feiern. Er fehlt uns zu sehr. Ich bin immer traurig, da ist mir nicht zum Feiern zumute."

Grimmi schaute ebenfalls ganz traurig drein. Er hatte sich eigentlich schon mit Papas Verschwinden abgefunden. Aber wenn Mama so betrübt war, konnte er nicht fröhlich sein.
Trotzdem ging er in den Wald und suchte kleine Tannenzweige am Boden. Die brachte er nahe an ihre Höhle, ließ sie aber draußen liegen. Mama sollte nicht noch trauriger werden. Er wollte sie im Gegenteil überraschen an dem Tag, an dem er bei den Menschen das Feiern beobachten konnte.

Regelmäßig in der Dämmerung lief er heimlich an den Waldrand und beobachtete die Häuser der Menschen.
Heute war in dem Haus, in dessen Garten das Vogelhäuschen stand, besonders viel Licht. Ein Tannenbaum stand mitten im Zimmer. Eine Frau stand auf einer Leiter und hängte etwas Glitzerndes in den Baum. Unten stand ein Kind und tat dasselbe. Eine alte Frau kam mit einer Kanne ins Zimmer und goss etwas Heißes in Becher. War das schon das Fest?

Grimmi lief zurück zur Höhle und trug die Tannenzweige etwas näher an den Eingang. Er wollte später noch einmal zu den Menschen und sehen, was sie feierten.
Er überlegte. Woher sollte er Glitzerzeug bekommen? Oder etwas anderes Schönes zum Schmücken? Glitzernder Schnee würde schnell tauen und alles nass machen. Aber ein wenig Silbermoos wäre ganz hübsch. Ja, und einige rote Brombeerblätter, die noch nicht ganz verblasst waren!
„Mama, darf ich noch einmal nach draußen? Ich möchte zu gern sehen, ob die Menschen heute feiern."
„Ich kann dich wohl nicht bei mir behalten im Augenblick. Also geh schon. Aber sei schön vorsichtig, die Eulen sind schon unterwegs."

Als Grimmi am Garten ankam und auf das Haus starrte, war dort alles dunkel. Kein Fest! Noch kein Feiern!

Nur im oberen Stockwerk war noch ein Licht. Auch in allen anderen Häusern waren die Gardinen zugezogen. Es war sehr still.
Nachdenklich lief er nach Hause. Er war enttäuscht, dass er noch warten sollte, bis er das Fest beobachten konnte.

Weihnachten

Grimmi stand wieder unter dem Futterhaus und spähte in die Fenster der Häuser. Diesmal waren sie hell erleuchtet. Hie und da konnte er einen Tannenbaum erkennen, an dem nun die Lichter brannten. Bis an den Waldrand roch es nach guten Dingen, die die Menschen zubereiteten.
Mehr musste er nicht beobachten. Das Fest war gekommen!

Zu Hause schickte er Mama an den Herd. „Du musst etwas Gutes kochen, die Menschen feiern heute ihr Fest. Da will ich auch etwas Besonderes essen!", verlangte er keck.
Lächelnd suchte Mama Wichtel in ihren Vorräten. Sie schmolz ein wenig Schnee, schüttete von den zerquetschten Getreideflocken hinein und fügte Preisselbeeren, Rosinen und Knospen hinzu. Auch ein paar Blätter vom Rosentee kamen mit in den Topf als Würze. Zum Knabbern stellte sie ein Schüsselchen besonders großer Tannensamen hin.

Grimmi holte indessen die Zweige herein und legte sie ordentlich auf die Kommode. Er schmückte sie mit Silbermoos und den Brombeerblättern. Zwei noch rote Hagebutten legte er an jede Seite der Kommode. In die Mitte stellte er seine Laterne, die er sonst neben dem Bett stehen hatte. Er zündete das Licht mit einem Zweiglein an, das er im Ofen zum Glühen gebracht hatte.

Als Mama sich umdrehte, um den Esstisch zu decken, sah sie dem Schmuck.
„Oh Grimmi! Wie hast du mich überrascht! Es sieht wunderhübsch aus!"
Sie nahm ihren Jungen in den Arm und drückte ihn an sich.
„Du hast mir ein schönes Geschenk gemacht, danke."
„Ich hab noch etwas für dich", platzte Grimmi heraus, „hier."
Er fasste unter den Tisch und rollte etwas sehr Großes hervor. Es war doch tatsächlich eine Walnuss.
„Die lag mitten auf dem Weg", erklärte er, „ich konnte sie nicht tragen, da hab ich sie gerollt. Du hast sie unter dem Tisch nicht gefunden!"
„Es ist ja auch etwas sehr dunkel in unserer Höhle."
Zufrieden aßen sie das gute Mahl. Dann ging Grimmi müde und glücklich ins Bett. Mama saß noch lange am Tisch und weinte so leise vor sich hin, dass er es nicht hören konnte.

Als Mama Wichtel endlich auch ins Bett gehen wollte, polterte es vor der Höhle. Etwas schnaufte wie nach gewaltiger Anstrengung. Ein Mann mit einem Bart und einer roten Mütze trat in die Höhle. Mama Wichtel blieb fast das Herz stehen. Der Mann kam auf sie zu und umarmte sie.
„Du bist wieder da! Du bist nicht tot", rief sie laut, „du bist wiedergekommen!"
Grimmi fuhr bei dem Schrei aus dem Schlaf und rieb sich die Augen.
„Papa, Papa!", rief er und flog ihm um den Hals.
„Frohe Weihnachten", sagte Papa fröhlich und herzte und küsste seine Frau und seinen Sohn.
„Woher weißt du von Weihnachten?", fragte Grimmi, der sich als erster gefasst hatte.
„Ich habe dem Weihnachtsmann geholfen. Kein Wichtelmann durfte seiner Familie eine Nachricht schicken. Nächstes Jahr kommen andere an die Reihe."

„Wir haben heute auch Weihnachten gefeiert", erklärte Grimmi und zeigte auf die geschmückte Kommode. „Und vom Festessen ist auch noch etwas übrig", fügte Mama hinzu.

„Und ich habe euch Geschenke mitgebracht, die der Weihnachtsmann für alle seine Helfer bereitet hatte." Er zog einen schweren Sack in die Höhle.

Munter packten sie aus: einen roten Pullover für Grimmi mit einer passenden Mütze dazu, ein dickes Wolltuch für Mama in blauen und grünen Farben, Hausschuhe für Papa und klitzekleine Pfefferkuchen für alle.

„Frohe Weihnachten", hörten sie eine tiefe Stimme durch den Wald rufen.

„Das war der Weihnachtsmann. Er hat jetzt endlich Zeit zum Schlafen. – Und ich bin auch schrecklich müde", gähnte Papa.

Inhaltsverzeichnis

Am Waldrand   7
„Faules Trinchen"   12
Der Weihnachtsstern   18
Ein verkürzter Adventskalender   21
Das rote Auto   27
In der Nacht   32
Rendezvous am 2. Advent   35
Gibt es ihn?   39
Maren und der Weihnachtsmann   42
Olafs Schneemann   45
Das Weihnachtsbild   50
Unruhe im Einkaufszentrum   56
Drei Weihnachtsmänner   60
Im Park   63
Bastelstunden   66
Kellerarbeit   70
Das Weihnachtskonzert   78
Nudelauflauf   82
Wie die Freundschaft begann   87
Die Spinne   90
Das Weihnachtsmannkostüm   93
Einbruch im Museum   97
Ja, ich nehme an   101
Am Ende der Welt   103
Der ganz besondere Weihnachtsbaumschmuck   106
Schutzengel   110
Der Weihnachtsmann ist krank   112
Die Überraschung   115

Beim Friseur   119
Die geheimnisvolle Laterne   121
Heiligabend mit dem Karpfen   125

Wichtel   129
Vorratssuche
Bei Oma
Reichliche Ausbeute
Neue Spuren
Die Überraschung
Weihnachtsstimmung
Weihnachten

Irene Beddies, geboren 1939,

lebt und arbeitet seit 1960 in Hamburg.

Seit der Jugendzeit verfasste sie Gedichte und erzählte als Lehrerin den Kindern regelmäßig Stegreifgeschichten.

Im Ruhestand nun schreibt sie Geschichten, Gedichte und Märchen.

Bereits in diesem Verlag erschienene Bücher sind:

In Krollebolles Reich, Märchen

Morgen, Abend, Wasser, Wind, Gedichte